스무 살의 너에게

To you at the age of Twenty

스무 살의 너에게

박석현 지음

스무 살의 너에게

약관(弱冠).

스무 살을 달리 이르는 말로서 공자(孔子)가 스무 살에 관례(冠禮 남자가 성년에 이르면 어른이 된다는 의미로 상투를 틀고 갓을 쓰게 하던 행사)를 한다고 한 데서 나온 말이다.

스무 살. 그야말로 황홀하고도 찬란한 시기다. 인생의 황금기이기도 하다. 성인이 된다는 것은 자유를 만끽할 수도 있지만 다른 한편으로는 그만큼 내 삶의 많은 부분을 스스로 책임져야 한다는 의미이기도 하다.

사랑하는 아들딸아.

언제 시간이 이렇게 흘렀을까? 내 팔뚝보다도 작게 태어난 너를 안아 본 지가 엊그제 같은데 벌써 20

년이란 시간이 흘러 이제는 아빠만큼이나 자랐구나. 착하고 건강하게 자라 줘서 정말 고맙다.

이제 스무 살이 된 너를 보노라면 걱정보다는 꿈, 찬란함, 미래라는 희망찬 단어들이 떠오른다. 12년이란 시간 동안 네가 초·중·고등학교 시절을 보내며 어떻게 생활해 왔는지를 곁에서 유심히 지켜보았다. 그렇기에 너의 지난 학창 시절이 너에게 얼마나 의미가 있고 또 뜻깊은 시간이었는지를 충분히 느낄 수 있다. 선생님과 친구들에게 많은 사랑을 받고 좋은 추억도 만들었으리라 생각한다. 지나온 너의 학창 시절을 유추해 보면 네가 이십 대 시절을 어떻게 보낼지도 어렴풋이 짐작되는구나.

너의 유년 시절을 포함해 학창 시절을 보내며 경험한 것들이 네가 살아가는 데 큰 밑거름이 될 것으로 생각한다. 학창 시절에 하고 싶은 것들을 절제하고 해야 하는 것들에 매진했던 모습을 보며 너의 미래를 그려 본다. 분명 초·중·고 시절보다는 제대로 된 학문을 공부해 나가는 대학 생활을 더 잘하리라는 것을 말이다. 대학을 가지 않는다면 첫 사회생활이 되겠구나.

사랑하는 아들딸아.

궁색하게 살지 마라. 궁색하게 살지 말라고 하여
사치를 하라는 말이 아니다. 있는데 안 쓰는 것과 없
어서 못 쓰는 것은 다른 개념이다. 꼭 써야 할 곳에는
쓰되 평소에는 검소하게 살도록 노력하라는 말이다.
평소에 흥청망청 쓴다면 나중에 정작 써야 할 곳에는
쓸 수 없다. 늘 비가 올 때를 미리 대비해야 한다.

사랑하는 아들딸아.

사치를 삼가라. 사람들은 남에게 보이는 것에 너
무 신경을 쓰며 살아간다. 결코 남에게 보여 주기 위
해 무언가를 사지 마라. 자랑은 유치원 때 하는 것으
로 그쳐야 한다. 나이가 들수록 겉을 꾸미는 것보다는
머릿속에 어떤 것이 들어 있는지가 더 중요하다. 그것
이 더 중요하다는 것은 나이가 들어가며 스스로 깨달
을 것이다. 외제 차를 굴리며 카 푸어로 살아가는 것
보다는 유동 자산이 많은 것이 좋다. 정말 부자들은
겉으로 표가 나지 않는다. 안팎으로 가진 게 없으니

더욱 사치품으로 치장하는 것이다. 명품을 탐하고 명품으로 치장하는 사람을 멀리해라. 속 빈 강정일 경우가 많다. 사람이 명품이 되어야 한다. 항상 너의 내면을 먼저 가꾸어라. 단, 너를 성장시키는 일에는 얼마든지 사치해도 괜찮다.

　사랑하는 아들딸아.
　인성이 우선이다. 겸손해라. 늘 겸손해야 한다. 겸손은 백번 말해도 부족함이 없다. 겸손하되 기죽지는 말거라. 아무리 사회적으로 성공했다 하더라도 인성 논란으로 하루아침에 훅 간 사람들을 주위에서 너무나 많이 볼 수 있다. 겸손이 인생 최대의 덕목이라 생각해도 무방하다. 건방진 사람을 좋아하는 사람은 아무도 없다. 늘 겸손하되 자신감은 잃지 않도록 해라.

　사랑하는 아들딸아.
　술은 기분 좋게 마셔라. 기분 나쁜 일이 있을 때 마시는 술은 독이다. 기분이 좋지 않을 때는 맨 정신으로 있는 것이 좋다. 차라리 영화를 보거나 산책하거나 친구들과 수다를 떠는 것이 낫다. 술은 좋은 사람들과 좋은 기분으로 마셔라. 한 잔의 술이 때로는 사랑의 묘약이 되고 때로는 우정을 다짐하는 도구가 되기도 한다. 술을 적당히 활용하면 좋을 것이나 부디 과음은 삼가도록 해라.

　사랑하는 아들딸아.

　인생의 진정한 가치가 무엇인지를 늘 생각하며 살아라. 사람마다 생각하는 가치는 조금씩 다를 수 있다. 하지만 네 부모가 너에게 늘 강조하며 가르친 것들을 바탕으로 생각해 보길 바란다. 너만의 가치를 찾아야 한다. 스무 살에 네가 찾은 가치가 흑(黑)인데, 세월이 흐른다고 하여 그것이 백(白)으로 바뀌는 일은 드물 것이다. 보통은 비슷한 색깔을 찾아가는 법이다. 처음에 네가 찾은 가치가 다홍색이라면 시간이 흐르면 붉은색 정도로 바뀌는 수준일 것이다. 스무 살이란 나이에 인생의 진정한 가치를 찾기가 쉽지 않을 수 있다. 하지만 지금부터 연습을 시작해야 한다. 너만의 기준을 세우고 진정 가치 있는 것이 무엇인지 생각해라. 기준을 세웠으면 지금부터 가치 있는 일들을 하나씩 시작하면 된다.

사랑하는 아들아.

이성에게 친절해라. 여자는 깨지기 쉬운 유리와 같다. 육체적으로, 정신적으로 늘 조심스럽게 대해야 한다. 무릇 신사는 여인에게 상냥한 법이다. 다만 마음에 드는 이성이 생겼다면 뭇 여인들에게는 조금 덜 친절한 편이 네 신변에 좋을 것이니 현명하게 처신해라. 자고로 아름다운 꽃에는 가시가 있는 법이다. 남자든 여자든 멋지고 매력이 넘치는 이성일수록 위험할 가능성이 크다. 물론 잘나고 착하고 현명하다면 그야말로 금상첨화일 테지만 누구나 그런 상대를 원하니 그런 이성을 만날 확률은 낮을 수밖에 없다. 하지만 모래사장에서 바늘을 찾는 심정으로 잘 한번 찾아본다면 운 좋게 만날 수도 있으니 노력해 보거라. 여자를 잘 만나 인생이 바뀌는 일도 있지만 그와 반대로 여자를 잘못 만나 패가망신하는 경우가 더러 있다. 예쁜 여자를 만나면 3년이 행복하고, 착한 여자를 만나면 30년이 행복하고, 지혜로운 여자를 만나면 3대가 행복하다는 말이 있다. 그러니 이성을 만날 때는 늘 신중에 신중을 기하도록 하여라.

사랑하는 딸아.

남자를 조심해라. 세상 남자는 아빠 빼고 다 늑대다. 물론 연애 경험이 많을수록 좋은 남자를 고르는 눈도 점차 나아질 것이니 다양하게 만날 필요가 있다. 하지만 지금은 세상이 무척이나 험하다. 하루가 멀다고 데이트 폭력이 일어난다. 네 몸은 네가 지켜야 한다. 결혼까지 볼 필요도 없다. 연애 시절 남자를 잘못 만나 큰일을 당하는 일이 수시로 일어난다. 외모만 잘난 남자보다는 마음이 잘난 남자를 만나라. 사람 얼굴 뜯어 먹고 사는 거 아니다. 외모는 많이 못나지만 않으면 된다. 남자를 고르는 기준을 마음이 잘난 남자로 정하면 크게 어긋남이 없다. 너를 아껴 주고 매사에 책임감 있는 남자를 선택해라. 번드레하게 몸만 가꾸는 남자보다는 뇌가 섹시한 남자, 자기를 올바르게 관리하는 남자를 만나면 쉽게 질리지 않고 나날이 즐거울 것이다. 유희를 쫓기보다는 올바른 목표를 좇는 남자를 만나는 것이 좋다.

사랑하는 아들딸아.

이제 성인이 된 첫해인 스무 살이다. 처음부터 완

벽하지 않아도 되거니와 그리하고 싶다고 해서 완벽
할 수도 없다. 스무 살인 지금은 캔버스에 어렴풋한 그
림을 그려 놓고 조금씩 선명하게 만들어 가는 시기다.

실수해도 좋다. 넘어지면 일어나서 다시 걸으면
된다. 내일 조금 더 빠르게 걷거나 천천히 뛰면 된다.

힘이 들면 잠시 쉬어도 좋다. 쉼 속에 삶의 여유
를 찾을 수 있으면 그것만으로도 좋다.

조금 늦어도 좋다. 언젠가는 다 만난다.

실패하고 좌절해도 좋다. 실패를 통해 경험이 쌓
이고 아픈 만큼 성숙해지는 법이다.

사랑하는 아들딸아.
네 곁에는 언제나 너를 사랑하는 가족이 있다는
것을 잊지 말거라. 20년 동안 매일 얼굴을 보며 지냈
는데 어느덧 아기 새가 자라 이제는 둥지에서 떠나갈
나이가 되었구나. 사회생활을 시작하든 대학 생활을

시작하든 지금까지처럼 자주 볼 수가 없으니 네가 참 많이 보고 싶을 것 같구나.

찬란한 너의 스무 살. 몸도 마음도 건강하게 잘 만들어 나가기를 바란다.
항상 너를 믿고 응원한다.
사랑한다.

스무 살을 맞은 이 시대의 아들딸에게
너를 무척이나 사랑하는 아빠가

목 차 —————————————————————

너의 젊음이 너의 노력으로 얻은 상이 아니듯이
나의 늙음도 나의 잘못으로 받은 벌이 아니다

- 시어도어 로스케(T. Roethke) -

Chapter 1

세
상
에
대
하
여

01   방향을 잃은 너에게

12월 31일에서 1월 1일로 하루가 지나고 나니 스무 살이 되었다. 성인이 되면 뭔가 달라질 것 같았지만 딱히 달라진 게 없다는 것을 느낀다. 그것을 느끼는 데는 그리 긴 시간이 필요하지 않다. 학창 시절에는 빨리 어른이 되고 싶고, 어른이 되면 무엇이든 다 할 수 있을 것만 같다. 하지만 술, 담배를 마음대로 살 수 있다는 것과 이제는 교복을 벗어 던졌다는 홀가분함이 제일 크게 느껴질 뿐 딱히 어제와 바뀐 건 없다. 스무 살이 되면 미성년자일 때와 뭔가 달라지고 새로운 일들이 마구 생길 것 같다. 하지만 마주한 현실은 내 삶의 책임과 의무에 대한 무게감만이 더욱 크게 다가올 뿐이다. 멀리 있는 것 같았던 스무 살 시절을 희극이라 생각했건만 막상 만나 본 스무 살은 희극보다는 비극에 가깝다. 인생은 멀리서 보면 희극이고 가까

이서 보면 비극이라고 했던 찰리 채플린의 말이 생각
난다.

새해가 밝고 맞이한 스무 살. 한 달이 금세 지난
다. 또 6개월이 지나고 하반기에 접어들어 어느덧 올
해도 얼마 남지 않았다. 인생의 황금기라 일컫는 스무
살, 그 일 년이라는 시간 동안 나는 무얼 하며 살아야
하고, 또 무얼 하고 살았는지 생각해 보자.

누구나 가끔 방향을 잃는다. 유독 스무 살만 그
런 게 아니라 어른들도 마찬가지다. 중·장년층도 살
아가며 때로는 방향을 잃고 정처 없이 방황할 때가 있
다. 사람이라면 다 마찬가지다. 그때 나를 잡아 주는
것은 강력한 정신력이다. 다른 말로 자존감이라고도
한다. 자존감이 낮은 사람들은 쉽게 흔들린다. 하지
만 자존감이 높은 사람들은 멘탈이 안정적이다. 방향
을 잃고 흔들릴 때도 있지만 여느 사람과 다르게 크게
흔들리지 않고 이내 올바른 방향으로 돌아온다. 그러
니 평소에 자존감을 높이도록 연습해야 한다. 자존감
도 훈련을 통해 높일 수 있다. 잘난 척하는 것은 자존

감이 높은 것이 아니라 까부는 것이다. 자존감이 높은 사람은 현실을 직시하고, 본인의 부족함을 인정한다. 그리고 본인의 장점을 찾아서 극대화한다. 자존감이 높은 사람은 잘난 척하지는 않지만 언제나 당당하다. 스스로 당당하게 살아간다면 가끔 방향을 잃더라도 이내 바른길로 돌아오기가 쉽다.

스스로 당당하기 위해서는 내가 누구인지 알아야 한다. 나는 누구인지, 지금 무엇을 하며 살고 있고, 또 무엇을 하며 살아가야 하는지 본인에게 계속해서 물어볼 필요가 있다. 한 번 묻는 것으로 그칠 것이 아니라 끊임없이 물어야 하고 물었으면 답을 찾아야 한다. 그 답은 질문을 통해 스스로 찾을 수 있다. 구체적으로 깊이 있게 계속해서 물은 후에야 비로소 답이 보인다. 이 과정을 조금 수월하게 하기 위해서는 틈을 내서 철학을 공부해 보는 것이 좋다. 철학은 인간과 이 세상, 그리고 삶의 본질에 관해 연구하는 학문이니 철학을 공부해 본다면 지금보다 조금 더 쌓아 올린 지식을 바탕으로 좀 더 올바른 질문을 던질 수 있을 것이다. 올바른 해답은 올바른 질문을 통해 얻을 수 있다.

사람은 작지만 소중한 것들을 잊고 산다. 크다고 중요하고, 작다고 해서 하찮은 것이 아닌데 사람은 늘 그걸 착각하고, 또 잊고 살아간다. 내가 제대한 후 서울에서 생활할 때였다. 스물네 살에 처음 만든 '잊어버린 소중함을 찾아서'라는 PC 통신 동호회가 있다. 채팅방에 30명만 들어올 수 있어서 처음에는 30명으로 시작했다. 나중에는 참여하려는 사람이 많아져서 채팅방을 서너 개 더 만들었더니 회원 수가 100명을 훌쩍 넘었다. 가끔 오프라인 모임을 하면 십 대에서 삼십 대까지 각양각색의 사람들이 나왔다. 단순한 사교 모임이라 하기에는 다들 뭔가 허전함을 하나씩 가진 듯해 보였다. 평소 내가 잊고 사는 소중함이 뭔지, 그 결핍에 대해 생각하며 사는 사람들이 모인 느낌이었다. 그 당시 나도 제대하고 고향인 부산을 떠나 서울에서 생활하고 있었기에 정붙일 곳이 없었다. 나에게 있어 잃어버린 소중함은 무엇인지 생각해 보니 바로 떨어져 있는 가족이었다. 고등학교 시절부터 성숙했다고 생각했고, 자립적으로 살아왔다고 생각했건만 세상 속에서 나는 아직 어렸고, 아직도 가족이 그리운 젊디젊은 청년일 뿐이었다. 앞으로 무엇을 하며 살아야 할지도 몰랐고 미래에 대한 계획도 없었다. 그저 하루하루 숨 쉬며 살아갈 뿐이었다. 그 후 여행을 시작했고, 세상이 조금씩 보이기 시작했다. 여전히 삶의 방향성을 찾지 못하고 헤매고 있었지만, 나에게는 여행이 인생의 방향을 잡을 수 있는 나침반 역할을 해주었다. 삶의 방향을 찾지 못하고 세상 곳곳을 떠돌아다니는 여행자가 여행으로 인해 인생의 방향을 잡을 수 있었다니 아이러니하다. 하지만 여행이 지금까지 내가 살아올 수 있었던 큰 원동력이 된 것은 틀림없는 사실이다. 나처럼 제대 후 여행을 떠난다는 것이 누군가에게는 힘들 수 있다. 요즘은 사회에 나가기 전에 준비해야 할 것들이 예전에 비해 한없이 많으니 그것들을 준비하려면 여행은 사치일 수도 있다. 하지만 시간을 내어 짧은 여행이라도 종종 다녀 본다면 여행이 내 삶의 방향을 잡는 데, 어느 정도 도움을 줄 수 있을 것이다. 그만큼 여행은 사람을 성장시키고 멘탈을 강하게 만드는 좋은 방법이다.

좋은 멘토를 만나는 것도 여행만큼 인생의 방향을 바로잡을 수 있는 좋은 방법이다. 살아오며 읽었던 한 권의 책으로 인해 인생이 바뀌고, 우연히 만났던 한 사람으로 인해 인생이 바뀌는 이야기를 종종 들어 봤을 것이다. 그만큼 인연은 소중하고 그 인연 중 멘토를 만나는 것은 더없이 중요한 일이다. 좋은 멘토가 많이 있다는 것은 내가 올바른 길을 선택할 수 있는 옵션이 다양하게 있다는 것이다. 좋은 멘토를 만들수 있는 좋은 방법은 좋은 모임에 가입하여 활동하는 것이다. 어떤 모임을 통해 나에게 도움이 되는 멘토를 만들 수 있을지 생각해 보고, 그 모임에서 활동하며 인생의 좋은 멘토들을 만나야 한다. 사람 만나는 것이 두렵거나 번거롭다면 도서관이나 서점으로 향하면 된다. 내 인생의 모든 멘토를 그곳에서 책을 통해 만날수 있을 것이니. 여름이면 시원하고, 겨울이면 따뜻한 그곳에서 내 인생 최고의 멘토를 만나 보도록 하자.

누구에게나 세상은 두렵고, 가혹하고, 또 어렵기만 하다. 하지만 그 와중에 가끔 만나는 좋은 사람과 가끔 찾아오는 행복으로 인해 살아갈 힘을 얻는다. 살아가며 때로 방향을 잃고 헤맬지라도 평소에 중심을 잘 잡고 산다면 이내 내 자리로 돌아올 수 있다. 결국 중요한 건 마음이다. 그러니 평소에 끊임없이 내 마음을 들여다보는 연습을 하며 살 필요가 있다. 그때 비로소 내 인생의 방향을 찾을 수 있다.

02 고민이 많은 너에게

스무 살. 고민이 참 많은 시기다. 학업에 대한 고민, 이성에 대한 고민, 진로에 대한 고민, 돈에 대한 고민 등 비로소 다양한 고민이 본격적으로 시작된다. 고등학교 시절까지는 공부만 하면 아무 걱정이 없었지만 스무 살이란 나이는 알을 깨고 세상 밖으로 나가는 시기다. 세상에 대한 두려움과 책임감, 자유가 공존하는 시기다.

널리 알려진 우산 장수, 부채 장수라는 전래 동화가 있다. 우산을 파는 큰아들과 부채를 파는 작은 아들을 둔 어머니가 살았다. 날씨가 맑은 날이면 어머니는 우산 장수인 큰아들을 걱정했고, 비가 오는 날이면 부채 장수인 둘째를 걱정했다. 그 모습을 본 이웃이 어느 날 찾아와 생각을 바꿔 보면 어떻겠냐고 말했다.

그 후 비 오는 날에는 큰아들의 우산이 잘 팔려서 좋고, 맑은 날에는 둘째의 부채가 잘 팔려서 좋다고 생각하니 걱정이 사라지고 비로소 행복해졌다. 이처럼 모든 것은 생각하기 나름이다.

고민은 습관이다. 어떤 사람은 아침에 일어나면서부터 고민을 시작한다. 하지만 온종일 고민해도 해결되지 않는 경우가 많다. 그럴 바에는 고민하기보다 차라리 행동하는 것이 낫다. 고민을 해결하기 위한 행동을 하는 것이 가장 좋지만 다른 일이라도 시작해 보면 지금 하는 고민이 반감될 수 있다. 주위를 환기하고 새로운 일을 시작해 보자. 안 되는 걸 하려는 게 욕심이고, 할 수 있는 걸 하는 게 실천이다. 욕심부릴 바에야 실천하며 사는 것이 현명하다. 당장 하나씩 실천해 본다면 지금 욕심이라 생각했던 것들이 하나씩 이루어지는 것을 경험할 것이다. 그렇게 고민을 줄여 나가는 편이 낫다.

살아가며 존경할 만한 사람을 간혹 만날 수 있다. 나보다 나이가 많은 사람만 존경의 대상이 되는 건 아니다. 1909년 10월 26일. 서른 살 나이에 조선 침략의 원흉인 이토 히로부미를 사살한 도마 안중근 의사와 열일곱 나이에 대한 독립 만세를 외친 우리 민족의 영원한 누나인 유관순 열사도 지금 내 나이보다 어렸다. 나보다 어리더라도 존경할 만한 가치가 있는 사람이 있다.

나 역시도 나이를 떠나 내가 평소 존경하는 몇 사람이 있다. 그중 한 분은 두 명의 아이를 입양하여 누구보다 잘 키우고 있는 지인이다. 그에게 나중에 스무 살이 될 본인의 아이들에게 들려줄 이야기가 있냐고 물어보았다. 그가 답하길 '스무 살 동안 받은 사랑을 밑천으로 삼는다면, 그 어떤 선택도 네 마음에 손해를 끼치지 않을 것이다. 그러니 먼저 자신을 돌아보고(심사숙고), 상대방을 헤아리며(역지사지) 공의(公義 공평하고 의로운 도의)와 공익(公益 사회 전체의 이익)을 위한 선택을 생각하며 살았으면 좋겠다'고 말했다.

또 한 분은 우연한 기회에 인연이 되어 지금까지

연을 이어 오고 있다. 그는 어린 시절 집안 형편으로 인해 부모와 떨어져 절에 맡겨졌다. 스님과 함께 생활하며 학창 시절을 보냈고, 주위의 많은 도움을 받으며 성장했다. 지금은 결혼도 해서 어엿한 사회인으로 잘 살아가고 있다. 스무 살의 후배들에게 들려주고 싶은 이야기가 있냐고 물었다. 그가 답하길 '분명 아기 새는 어미를 따라 둥지를 벗어나기가 두려울 것이다. 하지만 홀로서기에 두려워하지 마라. 세상이 바람을 만들어 줄 터이니 근심도 걱정도 말고 앞을 향해 나아가라'고 말했다. 누구보다 근심, 걱정이 많았던 이 두 사람이 들려주는 이야기를 살아가며 한 번씩 떠올린다면 삶에 조그만 도움이 될 것이다.

　　너무 복잡하게 살지 않아도 된다. 단순하게 사는 것이 가장 행복한 삶이다. 단순하게 살라고 해서 아무 생각 없이 살라는 것은 아니다. 살면서 고민이 없는 사람은 없다. 학창 시절에도 고민은 있고, 스무 살이 된 후에도 고민은 있다. 하지만 그 고민은 나이를 먹어 갈수록 더해진다. 아는 게 많아질수록 먹고 싶은 것도 많아지고 덩달아 고민도 많아진다. 다시 말하지만, 고민은 습관이다. 고민을 할 바에야 행동하는 편이 낫고, 산책하고 책을 읽는 편이 낫다. 그렇게 스스로가 조금씩 더 현명해진다면 고민도 조금씩 줄어든다. 앞으로 살아가며 고민이 있다면 가까운 사람에게 물어보고, 그래도 해결이 안 된다면 언제든 나에게 연락해서 고민을 상담해도 좋다. 그게 바로 책에 메일 주소를 공개해 놓은 이유다. 우리는 혼자 살아갈 수 없다. 지금까지 살면서도 이 세상으로부터 내가 알고 모르는 많은 도움을 받았다. 그걸 알 때도 있지만 때로는 모르고 지나친 것들도 있다. 그래서 나는 지금까지 살아오며 이 세상으로부터 받은 부채(負債 남에게 빚을 짐)를 내가 사는 날까지 세상에 갚는 것이 사람된 도리라 생각한다. 더군다나 후배들에게 갚는 것이니 그야말로 뿌듯한 일이다. 그러니 삶의 기로(岐路 여러 갈래로 갈린 길)에 섰을 때, 흔들릴 때, 고민이 있을 때 언제든 연락하길 바란다. 다음 도산 안창호 선생의 말씀을 되새겨 보면 좋겠다. 백날 토론하고 고민만 하다가 소를 굶겨 죽일 것인지, 아니면 당장 풀한 짐 베어다가 쇠죽을 쑤어 소에게 줄 것인지 본인이 선택해야 한다.

소에게 무엇을 먹일까 하는 토론으로

세월을 보내다가 소를 굶겨 죽였습니다.

百(백)의 이론보다

千(천)의 웅변보다

萬(만)의 회의보다

풀 한 짐 베어다가 쇠죽 쑤어 준 사람 누구입니까.

그 사람이 바로 일꾼입니다.

- 도산 안창호 -

03   삶의 기로에 서 있는 너에게

만일 지금 내가 벼랑 끝에 서 있다면 어떤 선택을 할 것인가? 모든 것을 포기하고 뛰어내릴 것인가? 아니면 짧은 한숨을 내쉬고 돌아서서 닥친 현실을 직면하며 고난을 극복하고 지금 이 시련을 이겨 낼 것인가? 그것도 아니라면 벼랑 끝에 앉아서 심사숙고하며 지루한 고민의 시간을 잠시 이어 나갈 것인가?

요즘도 그러는지 모르겠지만 군대에서 가장 많이 하는 말이 있다.

'피할 수 없는 고통이라면 차라리 즐겨라.'

누가 만들었는지 참으로 시의적절(時宜適切 그 당시의 사정이나 요구에 아주 알맞음)한 말이다. 삶

의 가장 힘든 시기 중 하나인 군대 생활에 절묘하게
적용되는 말이다. 삶의 가장 힘든 시기는 누구에게나
다르게 나타나는 법이니 시기를 특정하기는 힘들다.
그 힘든 시기가 학창 시절일 수도 있고, 사회생활을
할 때나 결혼 생활에 적용되기도 한다. 학창 시절 피
할 수 없는 고통이 있다면 전학을 가거나 학교를 그만
두고 검정고시를 보는 방법이 있다. 그것이 아니라 공
부가 하기 싫어 힘들다면 안 하는 방법도 있다. 사회
생활이나 결혼 생활에서도 분명 힘든 방법이긴 할 것
이나 퇴사나 이혼 등 그것을 회피(回避 몸을 숨기고
만나지 아니함)하는 방법이 있다.

회피라는 단어가 주는 부정적인 의미가 있어서
회피가 비겁하고 최악의 방법처럼 느껴질 수도 있다.
그러나 때로는 차선이나 차차선 또는 어느 순간에는
제일 나은 선택이 될 수도 있다는 것을 유념해야 한
다. 똥이 더러워서 피하지 무서워서 피하는 것이 아니
다. 어디를 가나 똥은 있다. 강대강(强對强 Strong vs
Strong)이 부딪치면 결국에는 사달이 난다. 사달이 나
느니 현명한 사람이 회피하는 것이 낫다. 모든 경우를

회피해서는 안 되지만 세상을 살아가며 꼭 이겨야 할 때가 있고 쓸데없는 고집을 내세우며 이기고 싶을 때가 있다. 꼭 이겨야 할 때는 필사즉생(必死卽生 죽기를 각오하면 살 것이다)의 각오로 싸워서 이겨야 하지만 대부분은 쓸데없이 고집을 부리며 그저 이기고 싶을 때가 많았다는 것을 지나고 보면 깨닫게 된다. 시간이 지난 후에야 그때 그것이 아무것도 아니었고, 큰 의미가 없었음을 깨닫고 멋쩍은 웃음을 지으며 그 시간과 에너지를 쏟아부은 지난날을 후회한다.

하지만 군대에서 그것을 회피하려면 탈영밖에는 방법이 없다. 탈영하여 범죄자가 되니 피할 수 없는 시간을 이겨 내는 것을 넘어 즐기는 마음을 조금이라도 갖도록 노력하는 것이 낫다. 그렇게 마음을 먹으면 힘든 시간을 이겨 낼 수 있는 조그만 원동력이 된다. 내 경우에는 군대가 그냥 우리 집이라고 생각하니 마음이 조금은 편해졌다. 즐기려고 노력했으나 늘 즐기지는 못했다. 아니 정확히 말하자면 늘 힘들지는 않았다. 아주 가끔 즐거울 때도 있었으니 말이다. 그것은 밖이나 안이나 마찬가지다. 어떤 장소, 어떤 상황에서도 사람이 늘 즐거울 수는 없다. 특히 힘든 상황에 부닥쳤을 때 늘 즐겁다는 것이 말이나 될 법한 일인가. 그냥 계속해서 자기 암시를 하는 것이다. '나는 즐겁다. 나는 괜찮다. 나는 아무렇지도 않다. 이 정도는 버틸 수 있다.' 이렇게 끊임없이 자기 암시를 하며 꼭 기억해야 할 한마디가 있다. 어쩌면 이 말은 "피할 수 없는 고통이라면 차라리 즐겨라."라는 말보다 더 기가 막힌 말일지도 모른다.

'신은 우리가 견딜 수 있을 정도의 고난만 준다.'

이 말을 떠올리면 웬만한 것은 모두 이겨 낼 수 있다. 사실 지나고 보면 이 말이 맞았으니 이 말이 진리일지도 모른다. 죽을 만큼 힘들고 못 견딜 만큼 괴로운 일도 지나고 보면 그저 추억으로 남는다. 좋은 추억은 아닐지라도 인생에 약이 되는 추억이 될 가능성이 크다. 내 삶에 피할 수 없는 고통이 찾아왔을 때는 그것을 대면하든지 아니면 회피하는 두 가지 방법밖에는 없다. 피할 수 없으니 그것을 맞닥뜨려 이겨 내면서 차라리 즐기든지 그것도 아니면 회피하면 된다. 무엇이 되었든 그것은 스스로가 현명하게 선택할 일이다.

지금까지 우리가 살아오며 봐 왔던 성공한 인물들 대부분은 가난과 배고픔, 모욕과 무시, 시기와 질투, 지독한 외로움과 슬럼프, 끊임없는 고통과 압박감 속에서 역경을 딛고 재능을 꽃피웠다. 그리고 종국에는 그 어떤 꽃보다도 아름답게 피어났다. 우리 인생은 태어난 순간부터 고해(苦海 고통의 바다)가 시작된다. 세상을 살아가며 웃을 날보다는 그렇지 않은 날이 더 많다. 지금 당장 과연 나는 지난 일주일 동안 얼마나 많은 시간을 웃으며 살았는지 떠올려 보자. 웃는 날보다 무표정한 날, 찡그린 날이 더 많지는 않았는지 생각해 보자. 만일 웃는 시간이 더 많았다면 인생을 정말 잘 살고 있다고 생각해도 된다. 그러니 살아가며 삶의 갈림길에 설 때 괴로움은 당연하다 생각하면 된다. 곧 다가올 행복을 떠올리고 부디 현명하고 올바른 생각과 판단을 하며 현실을 잘 극복하기를 바란다.

피할 수 없는 고통이라면 차라리 즐기라는 그 말

은 이해가 간다. 말은 누구나 쉽게 할 수 있으니 말이다. 단지 실천하기가 힘든 것이다. 고통을 어떻게 즐긴단 말인가. 하지만 쉬운 것은 누구나 할 수 있고 그 가치도 덜하다. 힘드니까 오히려 해 볼 만한 가치가 있는 것이다. 사람이 세상 살면서 쉬운 일만 하고 살 수는 없다. 내가 지금 당장 편안한 것에 만족하여 달콤하고 안락한 삶에 안주한다면 그 편안하고 즐거운 현실이 끝내 나를 망친다. 그와 반대로 지금은 조금 힘들더라도 그 역경을 이겨 낸다면 지금의 역경이 결국에는 나를 살릴 것이니 이를 반드시 명심해야 한다. 이 세상에 노력 없는 대가는 없고, 고통 없는 결실은 없다. 지금 만일 삶의 갈림길에 서 있다면 무조건 참고 견디고 이겨 내라. 웃으며 과거를 회상할 날이 분명히 온다. 승자가 살아남는 게 아니라 살아남는 자가 승자다. 멘탈을 단단히 부여잡고 지금, 이 순간을 이겨 내라. 못 이길 현실은 없다. 이 책《스무 살의 너에게》도 거의 완성된 시점에 원고가 모두 사라졌지만 마음을 다잡고 기억을 상기하며 다시 쓴 결과물이다. 세상에 쉬운 일은 하나도 없다.

04   내면의 소리에 귀를 기울여라

내 안의 소리에 귀를 기울이는 습관을 지닐 필요가 있다. 외적인 것에만 치중(置重 어떠한 것에 특히 중점을 둠)하고 살아간다면 이는 내 삶의 많은 것 중 오직 하나만 알고 살아가는 것과 같다. 삶에서 내가 하고 싶은 일이 무엇인지 찾아내는 것만큼 소중한 일은 없다. 내면에 집중하면 자아(自我 자기 자신에 대한 의식이나 관념)를 만나게 된다. 표면적으로 보이는 것만 보지 말고 내면(內面 사람의 속마음, 정신적, 심리적 측면)의 소리에 귀를 기울여야 한다.

우리는 하루에도 수없이 많은 생각을 하며 살아간다. 생각하는 것 자체는 좋은 일이나 대부분 쓸모없는 생각이 많다. 생각을 멈추고 내면의 소리에 귀를 기울이면 내면으로부터 바라보는 눈을 뜨게 된다.

사람들은 정작 내면은 돌보지 못하면서 겉으로 보여주는 것에만 신경을 쓰고 열중하는 경향이 있다. 물론 세상을 살아가며 겉으로 드러나는 나의 모습이 타인에게 비치는 것을 의식하지 않을 수는 없다. 하지만 무엇이든 한쪽으로 치우치는 것은 좋지 않다. 중도(中道 어느 한쪽으로 치우치지 아니하는 바른길)를 지키며 살아가는 자세를 몸에 익힐 필요가 있다. 너무 타인의 시선을 의식하며 외적인 것에만 치우친다면 미처 나의 내면의 소리에 귀를 기울이지 못하고 살아갈 수 있다. 이는 반쪽짜리 인생을 살아가는 것과도 같다. 외형을 갈고닦는 것이 중요하지만 내면을 갈고닦는 것은 그보다 더 중요한 일이다. 늘 나를 돌아보며 내면을 갈고 닦는 것을 소홀히 해서는 안 된다.

첫째로 명상이 좋은 방법이 될 수 있다. 꾸준히 명상을 실천하며 나 자신을 돌아보는 연습을 해 보자. 명상이라고 하여 거창하고 대단한 것이 아니다. 그저 바른 자세로 호흡에 집중하면 그걸로 족하다. 생각을 멈추고 감각에 집중하면 된다. 매일 행하면 좋겠지만 그것이 힘들다면 가끔이라도 명상을 통해 내면에 귀를 기울여 자신을 만나는 연습을 해 보는 것이 좋다. 생각을 멈추는 순간 나 자신을 발견한다. 멈추는 순간 내면이 눈을 뜬다. 세상에 나 이외에는 아무것도 느껴지지 않는다. 호흡에 집중하여 숨이 들어오고 멈춘 후 나가는 것을 느껴 보자. 날숨과 들숨 사이에 숨을 멈추는 순간, 찰나 죽음의 순간이 생긴다. 호흡하는 순간순간에 집중해 보자. 호흡에 집중하는 것만으로도 평소 느끼지 못했던 무언가를 새로이 느낄 수 있다.

두 번째로 극한의 상황까지 몰고 가는 신체 활동을 해 보는 것을 추천한다. 흔히 정신이 육체를 지배한다고 한다. 하지만 극한의 상황까지 몰고 가는 신체 활동을 하면 육체가 정신을 바꾸어 놓는 경험을 하게 된다. 육체와 정신은 분리해서 생각할 수 없다. 정신이 육체를 지배한다는 말도 맞지만, 극한의 상황에 놓인 신체는 정신 상태를 변화시킨다. 극한의 신체 활동 이후 찾아오는 시간을 통해 거친 호흡과 떠오르는 생각을 가만히 느껴 보자. 평소와는 다르게 아무런 상념(想念 마음속에 품고 있는 여러 가지 생각)이 느껴지지 않는 경험을 할 수 있다. 평소와는 다른 그 무엇이 느껴질 것이다. 그리고 나도 모르는 순간 내면을 바라보게 되는 색다른 경험을 할 수 있다. 이런 지속적인 신체 활동을 반복하면 서서히 정신이 개조되는 것을 느낄 수 있다. 그것이 바로 운동의 힘이다.

세 번째로 명상과 극한의 신체 활동이 힘들다면 흔히들 말하는 멍 때리는 시간을 즐기는 것을 추천한다. 멍 때리는 시간은 명상과 다르지만 비슷하고 비슷하지만 다르다. 요즘 사람들은 계속해서 무언가를 하려고 분주하다. 하지만 때로는 아무것도 하지 않는 시간을 통해 창조적인 생각이 떠오르고, 심신의 안정을 찾을 수도 있다. 혼자만의 시간을 즐기며 멍 때리는 시간을 통해 새로운 활력을 추구해 보는 것도 좋다. 오죽했으면 2014년부터 멍 때리기 대회가 시작되었을까? 아무것도 하지 않으면 아무 일도 일어나지 않는다. 그러나 아무 일도 일어나지 않으니 오히려 마음이 편안해진다. 마음이 편안해지기 위해 가끔 뇌에 휴식을 주는 멍 때리는 시간을 가져 보도록 하자.

세상은 우리 내면과 외면의 종합적 판단을 통해

사람을 평가한다. 외적인 것에만 연연하다가 평생 나를 제대로 한 번 만나지도 못하고 죽을 수 있다. 자신을 갈고닦지 않고 외적인 것에만 치중한다면 결국 밑천이 드러나게 마련이다. 타인의 평가는 차치(且置 내버려두고 문제 삼지 아니함)하더라도 자신의 성장을 위한 시간을 가진다고 생각하자. 내면의 소리에 귀를 기울이고 고요한 마음을 자주 가지도록 연습할 필요가 있다. 위에서 소개한 것 중 쉬운 것부터 하나씩 실천해 보자. 분명 나의 내면을 만날 수 있는 좋은 계기가 될 것이다.

05   세상에 당연한 일은 하나도 없다

인과응보(因果應報). 원인에 따라 결과가 있으니 응당 그 보답을 받는다는 뜻이다.

당연하게도 살아가며 나에게 일어나는 모든 일은 지금까지 내가 살아온 과정에 따른 결과이다. 지금 나의 위치, 그리고 내가 받는 상과 벌 등 모든 것은 내가 한 일에 대한 보상으로 주어지는 것이다. 세상에 저절로 이루어지는 것은 아무것도 없다. 옳은 일을 하면 상을 받고, 그른 일을 하면 벌을 받는 것이 세상의 이치(理致 도리에 맞는 취지)다. 지극히 정성을 다하면 그에 따른 좋은 결과가 나타나고, 나태하게 대하면 아무런 대가도 얻을 수 없다.

옛날 산골 마을 가난한 집에 아이가 하나 있었다.

무척이나 궁핍한 살림살이에 배가 고파 온종일 우는 게 아이의 일이었다. 아이의 부모는 우는 아이를 달래기보다는 혼내고, 회초리를 들어 울음을 멎게 하곤 했다. 그러니 아이는 하루에도 몇 번씩 혼이 나고 매를 맞을 수밖에 없었다. 한 날도 여느 때와 다름없이 부모는 우는 아이를 혼내며 매질을 하고 있었다. 마침 그 집 앞을 지나던 스님이 그 광경을 물끄러미 바라보다가 집으로 들어와서 매를 맞고 있는 아이에게 엎드려 넙죽 큰절을 올렸다. 이에 깜짝 놀란 부모는 스님에게 연유(緣由 일의 까닭)를 물었다.

"아니 스님. 어째서 이 하찮은 아이에게 큰절을 하는 겁니까?"

"하찮다니요. 이 아이는 나중에 자라서 큰 인물이 되실 분이기 때문에 절을 올렸습니다. 그러니 부디 지금부터는 혼을 내기보다는 곱고 귀하게 키우셔야 합니다."

그 말을 남긴 후 스님은 자리를 떠났다. 그 후 아이의 부모는 스님의 말을 새겨듣고 더 이상 매를 들지 않고 지극정성으로 아이를 키웠다. 그리고 훗날 아이는 정승이 되었다. 부모님은 그 스님의 선견지명에 놀라지 않을 수 없었다. 감사의 말씀도 전하고, 궁금한 것도 물어보고자 그 스님을 수소문했다. 우여곡절 끝에 스님을 찾은 부모는 감사 인사를 전한 후 궁금했던 점을 물었다.

"스님은 어떻게 우리 아이가 정승이 되리라는 것을 알고 계셨습니까?"

미소를 짓던 노승은 부모에게 차를 한잔 권하며 말문을 열었다.

"이 중놈이 어찌 미래를 알 수 있겠습니까? 그저 세상의 이치는 하나지요."

고개를 갸우뚱하는 부모를 바라보며 노승이 다시 말을 이었다.

"모든 사물을 귀하게 보면 한없이 귀합니다. 하지

만 무엇이든 하찮게 보면 아무짝에도 쓸모가 없는 법입니다. 마찬가지로 아이를 정승같이 귀하게 키우면 정승이 됩니다. 그러나 아이를 머슴처럼 대하면 머슴이 될 수밖에 없지요. 바로 이것이 세상의 이치입니다. 그러니 세상을 잘 살고 못 사는 것은 모두 마음가짐에 있는 거라 할 수 있습니다."

'뿌린 대로 거두리라.', '말이 씨가 된다.'는 말을 허투루 생각해서는 안 된다. 말에는 각인 효과가 있어서 같은 말을 반복하면 그대로 된다. 소개한 일화와 같이 이것이 정말 맞는 말이라는 것을 살아가며 뼈저리게 느낄 것이다. 그만큼 말은 무서운 것이다.

의무라는 것은 사람으로서 마땅히 해야 할 일이다. 국민의 4대 의무인 국방, 납세, 교육, 근로의 의무까지 거창하게 나갈 필요도 없다. 사람은 살아가며 기본적으로 해야 하는 의무가 있다. 하지 않으면 도덕적으로 지탄받을 수는 있지만 하지 않는다고 하여 큰 문제가 되지도 않는다. 큰 문제라는 것이 코에 걸면 코걸이고 귀에 걸면 귀걸이라 해석하기 나름이다. 그저

마음이 불편할 뿐이고 주위의 손가락질을 조금 견뎌
내면 될 뿐이다.

　가장 큰 의무는 부모가 자식을 키우는 의무다. 그
리고 자식이 부모를 대하는 의무다. 자식을 낳았으면
응당 제대로 잘 키워야 하는 것이 부모의 의무다. 삼
시 세끼 밥 먹이고, 옷 입히고, 학교를 보내는 것에서
부모의 의무는 끝난다. 그 이후에 자식에게 베푸는 것
은 혜택이라고 생각해야 한다. 학원을 보낼 의무, 브
랜드 제품을 사 줄 의무, 짜증을 받아 줄 의무, 부모에
대한 예의가 없는 것을 참아야 하는 의무 따위는 없
다. 모든 부모는 그저 자식이기에 조금이라도 더 해
주고 싶고 좀 더 받아 주고 싶어서 너그럽게 베풀 뿐
이다.

　부모라고 하여 나에게 무엇을 당연히 해 주어야
한다고 생각해선 안 된다. 부모는 자식을 낳았기에 성
심성의껏 기르며 최대한 부모의 의무를 다하고자 노
력한다. 부모가 부모의 의무를 다하는 것과 마찬가지
로 자식은 자식의 의무를 다해야 한다. 자식의 의무는

다름 아닌 부모의 마음을 살피고 부모를 존중하는 것이다. 부모가 조건 없이 자식을 사랑하는 것과 같이 자식은 부모를 공경해야 한다. 이것이 바로 자식의 의무다. 물론 가끔은 공경할 가치조차 없는 부모도 있기에 이것은 일반적인 경우에만 해당한다.

내 시간은 나에게 중요하다. 하지만 상대의 시간도 상대에게는 무척이나 중요하다. 많은 부모는 자식을 위해 기꺼이 희생할 수 있다. 그러나 그것은 부모의 일이지 자식이 그것을 당연하다고 생각해서는 안 된다. 안 그런 부모들도 세상엔 널리고 널렸으니 말이다. 부모는 부모라는 이유로 자식을 위해 많은 것을 희생한다. 내가 부모이기에 당연히 희생하는 것이라 여기며 무언가를 바라지 않는다. 하지만 자식은 부모의 사랑과 희생을 헌신이라 생각하며 늘 고맙게 생각해야 한다.

요즘은 조금만 힘들어도 포기한다는 말을 쉽게 한다. 하지만 그런 정신 상태로는 이 세상을 살아가기 힘들다. 세상에 힘들지 않은 일은 없다. 배 속에 열 달간

자식을 품고 있다가 낳은 어미는 쉬웠겠는가. 불철주
야(不撤晝夜 어떤 일에 몰두하여 조금도 쉴 사이 없이
밤낮을 가리지 아니함) 바깥에서 일하며 자식을 키우
고 거두며 집안을 건사하는 아비의 삶은 쉬웠겠는가.

　살아가며 큰 잘못과 큰일을 겪는 경우는 별로 없
다. 가족의 상(喪 죽음)을 마주할 때나 큰 사고가 일어
나지 않는 이상 살아가며 겪는 대부분의 일은 큰일이
나 큰 잘못이 아닌 사소한 일이다. 누구나 사소한 것
으로 마음이 상하고 사소한 것으로 인연이 끊어진다.
그와 반대로 사소한 일로 감동하고 사소한 일로 믿음
을 얻는다. 그것이 바로 사람이다.

　'내가 큰 잘못을 한 건 아니잖아', '이게 그렇게 큰
일은 아니잖아'라는 말은 어찌 보면 당연한 말이다.
그만큼 우리가 살아가면서 큰 잘못과 큰일을 겪을 확
률은 적기 때문이다. 매일 일상생활에서 일어나는 많
은 일들은 사소한 일들의 연속이다. 사소하지만 가치
가 있는 일, 사소하지만 기분을 상하게 하는 일들을
조심히 살펴야 한다. 모든 것은 언행(言行 말과 행동)

에서 비롯된다. 따라서 평소 말을 함에 있어서 적시적소(適時適所 알맞은 때와 꼭 알맞은 자리)에 적절(適切 꼭 알맞은)한 말을 하는 습관을 지녀야 한다. 결코 사소한 일, 작은 일을 무시해서는 안 된다.

영화 〈역린〉에서《중용》23장을 인용한 대사를 되새겨 보자.

"그대들이 그리 중히 여기는 옛 말씀을 그대들은 얼마나 듣고, 또 듣고 깨우치고, 또 깨우쳤는지? 다 외우고 있는 자는 손을 드시오. 아무도 없소? 상책은? 혹시 상책은 아는가?"

"작은 일도 무시하지 않고 최선을 다해야 한다.
(기차치곡 其次致曲)
작은 일에도 최선을 다하면 정성스럽게 된다.
(곡능유성 曲能有誠)
정성스럽게 되면 겉에 배어 나오고
(성즉형 誠則形)
겉에 배어 나오면 겉으로 드러나고

(형즉저 形則著)

겉으로 드러나면 이내 밝아지고

(저즉명 著則明)

밝아지면 남을 감동시키고

(명즉동 明則動)

남을 감동시키면 이내 변하게 되고

(동즉변 動則變)

변하면 생육된다.

(변즉화 變則化)

그러니 오직 세상에서 지극히 정성을 다하는

사람만이

(유천하지성 唯天下至誠)

나와 세상을 변하게 할 수 있는 것이다.

(위능화 爲能化)

이것이 예기 중용 스물세 번째 장이옵니다."

《중용》에서는 능히 행하기 위해 정성을 다해야
한다고 했다. 여기서 말하는 굽을 곡(曲) 자는 굽은
것이 아니라 사소하고 작은 일을 말한다. 사소한 일

에 정성을 다하면 나와 세상을 변하게 할 수 있는 것이다. 세상에서 가장 어려운 일은 어려운 일을 매일 하는 것이다. 반대로 가장 쉬운 일은 쉬운 일을 아예 하지 않거나 쉬운 일을 가끔 하는 것이다. 그러나 쉬운 일을 매일 하게 되면 어느 순간 그것은 특별한 일이 된다. 쉬운 일이라 하여 우습게 생각해서는 안 된다. 무엇이든 매일 한다는 것은 그만큼 정성을 기울여야 한다. 남들은 대수롭지 않게 생각하는 사소한 일이지만 그 일에 정성을 다하면 결국 그에 따른 좋은 결과가 나타난다. 지금 당장 남들에게 보이지 않고 금방 결과가 나타나지 않는 일이라도 정성을 다해서 꾸준히 하게 되면 결국은 드러난다. 이것이 바로 꾸준함의 힘이다. 드러난 일은 사람들이 알게 되고 분명해지게 된다. 그렇게 드러난 일에 사람들은 감동한다. 감동을 하면 그 사소한 일의 중요성에 대해서도 사람들은 비로소 알게 된다. 그리고 자신을 돌아보고 변하기 위해 노력한다. 변하게 되면 그제야 사소한 일에 정성을 쏟는다는 것이 얼마나 중요한지를 깨닫는 것이다.

따라서 사소한 일의 중요성을 깨닫는다면 세상에

사소한 일이 없다는 것도 깨달을 수 있다. 또한 세상에 당연한 일도 없으니 나에게 일어나는 모든 것을 고맙고 소중하게 생각해야 한다. 사소한 일과 당연한 일은 평소 인지(認知 어떤 사실을 인정하여 앎)하기 힘들어 가볍게 생각하고 쉽게 지나칠 수 있다. 그러나 세상 모든 것은 인과응보에 따라 나타나는 결과다. 사소한 것도, 당연한 것도, 어려운 것도 모두 뿌린 대로 거두는 법이다. 이것이 바로 우리가 살아가며 《중용》 23장의 첫 번째, 기차치곡(其次致曲)을 반드시 기억해야 하는 이유다.

06 시비에 휘말리지 마라

　살면서 송사(訟事 분쟁이 있을 때, 재판으로 판결을 구하는 민사, 형사, 행정 소송 따위의 일)에 휘말리는 것만큼 피곤한 일이 없다.

　우리가 세상을 살아가며 하고자 하면 못 할 일이 없고, 하려고 노력하지 않으면 할 수 있는 일 또한 없다. 그만큼 하고자 하는 마음, 즉 의지(意志 어떠한 일을 이루고자 하는 마음)가 중요하다. 이와 더불어 생각해 본다면 세상을 살아가며 시비를 걸자면 시비 아닌 것이 없으며, 시비를 걸지 않자면 시비인 것이 없다. 일부러 시비할 필요는 당연히 없거니와 시비에 끼어들지도 말고 자기 길을 가야 한다. 나 살기도 바쁜데 시시콜콜한 것과 시비할 겨를이 없다. 되도록 시비에 휘말리지 말고 내 인생을 살아야 한다. 시비에 휘말리면 훗날 두고두고 후회한다. 길다면 긴 것이 인생이지만 시간이 지나 돌이켜 보면 한없이 짧은 것이 또한 인생이다. 사소한 일에 목숨 걸 필요가 없다.

옛날 어느 마을에 고집이 센 사람과 책을 많이 읽어 나름 현명하다고 자부하는 사람이 있었다. 어느 날 두 사람이 시비가 붙었다. 한참을 다투었는데도 판가름이 나지 않자 둘은 현명하다고 소문난 고을의 사또를 찾았다.

"사또, 이자가 그른 것을 옳다고 하니 답답하기 그지없습니다."

"아니, 사또, 제 말을 들어 보십시오. 분명 저잣거리에서 개가 고양이를 품고 있었으니 밤새 개가 고양이를 낳은 것이 틀림없는데, 저자는 아니라고 계속 우기기만 합니다."

사또가 물었다.

"지금 개가 고양이를 낳았다고 했는가?"

"네, 오늘 아침 근처에서 개가 고양이를 품고 있는 것을 보았습니다. 필시 그 개가 새끼 고양이를 낳은 것이 틀림없습니다."

"여봐라, 이자는 풀어 주고 아니라고 하는 저자에게 곤장을 쳐라."

"아니, 사또, 그게 무슨 말씀이십니까? 어찌 개가 고양이를 낳는단 말입니까?"

고집이 센 사람은 그를 비웃으며 자리를 떠났고, 진실을 말한 사람은 억울하게 곤장을 맞았다. 곤장을 맞은 후 억울함을 호소하니 사또가 말했다.

"여보게, 억울하겠지만 고개를 들고 내 말을 들어 보게. 개가 어찌 고양이를 낳는단 말인가? 개가 고양이를 낳았다는 자와 싸우는 자네가 더 어리석다고 생각지 않나? 개랑 싸워서 이기면 개보다 더한 놈이 된다네. 자네는 그자를 이겨서 개보다 더한 놈이 되면 좋겠는가? 개랑 싸워서 지면 개보다 못한 놈이 되고, 개랑 싸워서 비기면 개 같은 놈이 되는데 어찌하여 자네는 개와 싸우려 드는 것인가?"

자기만의 아집에 사로잡혀 설득할 수 없는 사람과는 다툴 필요가 없다. 만일 그 일이 사실이라 할지라도 그것이 늘 최고의 답은 아니다. 진실보다 더 중요한 것은 바로 포용이다. 그러니 불필요한 논쟁은 피하는 것이 좋다. 논쟁의 결과는 상처로 남을 가능성이 크다. 타인을 설득하려고 해도 강요가 들어있는 말로는 설득하기 힘들다.

　　"만일 사람이 죽고 사는 문제가 아니라면 그것이 진실일지라도 잠시 묻어 두게. 그리고 사랑과 관용을 베풀어 보게. 그렇게 넉넉한 마음으로 좀 더 포용하는 삶을 살아 보게. 자네는 필시 지금보다 더 높은 경지에 이를 것이네."

　　이후 그는 사사로운 시비에 말려들지 않았고 공부를 꾸준히 하여 마을에서 존경받는 어른으로 칭송받았다.

　　현대에 와서 조금 변형되었지만 고려 말의 시조인 '까마귀 노는 곳에 백로야 가지 마라'로 시작되는

〈백로가(白鷺歌)〉가 있다. 고려 말의 청렴한 선비이 자 충신이었던 정몽주(鄭夢周)의 어머니 영천 이씨 (永川李氏)가 간신(奸臣) 무리와 어울리지 말도록 아들을 훈계하기 위해 지은 풍유시로 알려져 있으나 작자(作者)에 대해서는 다른 의견도 있다.

까마귀가 싸우는 골짜기에 백로야 가지 마라

성낸 까마귀가 흰빛을 샘낼세라

맑은 물에 기껏 씻은 몸을 더럽힐까 하노라

똥 밭 근처에 가면 똥물이 튄다. 이는 지극히 당연한 말이다. 내 몸에 더러운 똥물이 튀는 것을 방지하려면 똥 밭 근처에 가지 않으면 될 일이다. 또한 사사로운 시빗거리에 휘말리지 않기 위해서는 시비하는 사람과 멀어지면 된다. 이 쉬운 일을 실천하지 않을 이유가 없다. 그 전에 자신을 우선 돌봐야 하는 것은 당연한 일이다.

군자의 본질은 자기 자신을 다스리는 데 있다.

– 안중근 –

07 1%의 가능성이라도 만들어라

　인생은 선택의 연속이다. 세상을 살아가며 선택의 기로에 설 때 나에게 일어나는 모든 문제를 아래의 네 가지 경우에 비추어 생각해 보면 틀림이 없다.

　먼저 이것이 옳은 일인지 그른 일인지를 판단해야 한다. 옳은 일이라면 해서 도움이 되는지 해서 도움이 되지 않는지를 잘 가려야 한다. 그른 일도 마찬가지다. 그른 일을 하지만 이것이 이익이 되는지 해가 되는지를 잘 따져 보아야 한다. 이것은 말과 행동을 비롯한 삶의 모든 분야에 적용된다. 다산(茶山) 정약용 선생께서도 이것을 삶에 적용하여 세상을 살아가는 기준으로 삼았다. 그가 유배지에서 아들 학연에게 보낸 편지 내용 중 다음과 같은 글이 있다. 바로 시비와 이해를 따지는 기준이다.

"천하에는 두 개의 큰 기준이 있다. 그 하나는 시비를 따지는 시비지형(是非之衡 옳고 그름의 기준)이고, 다른 하나는 이해를 따지는 이해지형(利害之衡 이롭고 해로움의 기준)이다. 이 두 개의 큰 기준에서 네 개의 등급이 생겨난다. 가장 으뜸은 옳음을 지켜 이로움을 얻는 것이고, 옳음을 지키지만 해를 입는 것이 그다음이다. 그릇됨을 따라가 이로움을 얻는 것은 그다음이며 가장 낮은 것은 그릇됨을 따르고 해를 입는 것이다."

첫째, 옳음을 지켜서 이익을 얻는 등급
둘째, 옳음을 지키지만 해로움을 당하는 등급
셋째, 그른 것을 쫓아서 이익을 얻는 등급
넷째, 그른 것을 쫓아서 해로움을 떠안는 가장 낮은 등급

그른 것을 쫓아서 이익을 얻는 것은 당장 눈앞에는 이익이 되는 것 같지만 결국 네 번째 결과로 돌아갈 확률이 높다. 살아가며 시비(是非 옳음과 그름)와

이해(利害 이익과 손해)만 잘 따지고 실천해도 손해를 볼 일이 없으니 명심하고 실천하는 것이 좋다.

우선 먹기는 곶감이 달다는 말이 있다. 앞일은 생각해 보지도 않고, 당장에 좋은 것만 취하는 것이 사람이다. 맛이 달아서 당장 입맛에 당기는 곶감일지라도 그것을 많이 먹으면 우리 몸의 수분을 빼앗겨 결국 변비에 걸린다. 변비에 걸리고 나서야 곶감이 얼마나 지독한 놈인지 알게 된다. 언 발에 오줌 누는 것과도 같다. 당장은 발이 따뜻하게 녹을지 모르겠지만 오줌의 열기가 식으면 결국 발은 더 차가워지고 다시 꽁꽁 얼어붙게 된다. 겨울날 땔감이 없어 춥다고 해서 문짝을 뜯어 땔감으로 쓰는 어리석음을 저질러서는 안 된다. 아무리 배가 고프다고 하여 자기 꼬리를 뜯어 먹는 뱀이 되어서는 안 된다.

당장 눈앞의 사소한 이익만을 추구하다가는 결국 더 큰 피해를 볼 수 있으니 이를 늘 경계해야 한다. 내가 무언가를 할 때, 그리고 상대에게 무언가를 권유할 때는 그것이 나를 위한 것인지 아니면 진정 상대를 위한 것인지를 먼저 생각해 볼 필요가 있다. 궁극적으로는 나를 위해 하는 행동임에도 불구하고 사람들은 그것이 상대를 위한 것이라는 자기 최면을 통한 착각 속에서 살아간다. 자기 암시를 통한 최면 상태에 놓여 있다고 보아도 무방하다. 사실 우리 뇌는 상상과 현실을 구분하지 못하니 그런 착각 속에 살아가는 것도 한편으로는 이해가 된다. 당장 스스로와 상대를 속여 서로에게 이득이 되는 것으로 생각할지는 모르겠지만 궁극적으로는 모두에게 손해인 일이다. 돈을 잃으면 작은 것을 잃는 것이지만 사람을 잃는 것은 종국(終局 일의 마지막)에는 큰 것을 잃는 것이다.

    A라는 사람이 있다. 그의 직업은 헬스 트레이너다. 회원이 등록하고 OT를 시작한 첫날에는 무척이나 친절하게 응대한다. 기구 사용에 대해서도 친절하게 알려 주고 모르는 것을 물어봐도 살갑게 대답한다. 한 시간 정도의 OT가 끝나고, 트레이너가 회원에게 물어본다.

    "그래서 PT를 받으시는 게 좋겠죠?"

"아뇨. 저는 그냥 혼자서 운동할게요."

회원이 PT를 받지 않고 혼자서 운동하겠다고 하자 그는 이내 돌변한다. 다음 날부터는 마주쳐도 인사도 하지 않고, 회원이 먼저 인사를 해야 겨우 고개만 까딱이는 정도다. 회원은 처음에는 '내가 뭘 잘못했나?'라고 생각하다가 나중에는 불쾌해서 서로가 못 본 척한다. 이 트레이너는 하수 중에서도 하수다.

B라는 사람이 있다. 역시 트레이너인 그는 OT 후 회원이 PT를 안 받는다고 하자 상관없다고 말한다. 하지만 그 이후에도 그는 마주칠 때마다 웃으며 인사한다. 회원이 사소한 것을 물어봐도 친절하게 알려 준다. 사소한 농담도 주고받으며 인간적으로 친해진다. 급기야 운동을 마치고 밖에서 술도 한잔하며 더욱 친분을 쌓는다. 그러자 그 회원은 한 번쯤 생각해 본다.

'이런 사람이라면 PT를 받아 봐도 괜찮겠는데? 평소에 너무 잘 알려 줘서 신세를 조금 진 것 같기도 하니 PT를 조금만 받아 볼까?'

최소한 이런 일이 일어날 확률이 1%는 생긴다. 세상 모든 일은 사람이 만든다. 사람이 하는 일에 안 되는 일은 없다. 하고자 하면 못 할 일이 없고, 하지 않고자 하면 될 일도 없다. 인간관계를 어떻게 형성하느냐에 따라서 조금 힘든 일도 쉽게 처리되고, 반대로 될 만한 일도 금방 틀어지게 된다. 모든 것은 사람의 마음에서 비롯된다. 그런데 그 마음을 움직이는 빗장이 바로 1%의 가능성을 만드는 것이다. 그것이 바로 사람의 마음을 움직이는 핵심(Key-point)이다. 살아가며 1%의 가능성조차 없애는 어리석음을 범해서야 되겠는가.

만일 성공하고 싶다면 내가 하고 싶은 일을 하는 것도 중요하지만 내가 해야 할 일을 먼저 하는 것이 좋다. 당연한 말이겠지만 사람이 하고 싶은 일만 하고 살 수는 없다. 하기 싫어도 해야 할 일이 있다. 사람을 대하는 일이 바로 그것이다. 스쳐 가는 인연은 그냥 보내는 것이 좋다. 만나는 모든 사람을 다 인연으로 삼지 않아도 좋다. 그것은 개인적인 일이고 본인의 선택이다. 그러나 일은 다르다. 일은 일로 접근해야 한다. 괜한 자존심 세우다 1%의 가능성마저 날려 버리고 난 뒤 바보같이 땅을 치고 후회하지 말고, 최소한 1%의 가능성은 챙겨 놓도록 하자. 기본 중의 기본이 되는 것이 바로 인사다. 하기도 쉽고 하고 나면 서로가 기분 좋은 인사를 먼저 하지 않을 이유가 없다. 쓸데없는 자존심을 세우며 인사조차 하지 않으면 그 1%의 가능성조차 없어질 수 있으니 그런 어리석음을 범하지 않는 것이 좋다.

지금 1%의 가능성을 만들어 둔다면 장차 99%의 이익으로 이어질 수도 있다. 그러니 늘 사소한 자존심을 내세워 큰 것을 잃는 어리석음을 범하지 않도록 현명히 대처해야 한다. 살아가며 두 번 다시 보지 않을 것만 같은 사람도 결국에는 다시 만난다. 세상은 그리 넓지 않다. 돌고 도는 것이 우리네 인생사니 최소한의 가능성은 늘 열어 두는 것이 좋다.

08   종교에 지나치게 의지하지 마라

나는 무교(無敎)라는 것을 미리 밝혀 둔다.

2023년 3월. MBC 조성현 PD가 제작하고 넷플릭스에서 방영한 〈나는 신이다〉를 보고 많은 사람이 적잖은 충격을 받았다. 희대의 색마 정명석이 만든 기독교복음선교회(통칭 JMS)와 이어서 소개되는 대다수의 사이비 종교는 사회 문제에 조금만 관심을 가졌더라면 예전부터 익히 들어 봤음직한 종교 단체다.

나무위키에서는 사이비에 대해서 다음과 같이 설명한다. '겉으로 보기에 올바르고 비슷한 것 같으나 속은 전혀 다른 것'. 글자 그대로 겉으로 보기에는 정상적인 종교 같으나 본질은 그릇된 종교를 일컫는 말로써 유사 종교라고도 한다. 이단과 유사한 말로 쓰이

기도 하지만 이단은 주류 종교와 배치되는 교리를 가진 종교를 뜻하며, 사이비 종교는 종교의 탈을 쓴 범죄 조직을 말한다.

넷플릭스 다큐멘터리 〈나는 신이다〉에서는 기독교복음선교회(통칭 JMS) 교주 정명석, 오대양 사건의 박순자, 아가동산의 김기순, 만민중앙교회 목사 이재록 등 자신을 신(神 God)으로 칭하며 신도들의 삶을 지옥으로 내몬 이들을 조명한다. 이만희의 '신천지'가 빠져서 의외다. 〈나는 신이다〉를 제작한 MBC 조성현 PD는 '종교 단체에 들어가는 분은 지적인 능력이 떨어지는 분들이 아니다. 모든 분이 해당한다. 명문대생도 피해자가 될 수 있다'고 말한다.

1980년경 신촌 단칸방에서 JMS를 시작한 정명석은 이를 증명하듯 그 당시 서울대 대학원을 다녔던 안 모 씨를 전도했다. 안 모 씨는 연세대 대학원에 다니는 후배를 전도했고, 그는 다시 고려대 다니는 학생을 전도했고, 이어서 이화여대 학생을 전도했다. 이런 식으로 처음부터 명문대생들을 중심으로 JMS가 시작되었다. 이들은 다른 어떤 종교에서도 경험하지 못한 신비한 체험을 JMS를 통해 했다고 한다. 까마귀 날자 배 떨어지는 격인지 80년대 당시 정명석이 눈이 오라고 기도하니 정말 눈이 와, 이를 보고 더 신뢰하게 되었다고 하는 것을 보고 허탈한 웃음이 나왔다.

과연 사이비 종교의 문제가 〈나는 신이다〉에 소개된 일부 종교에만 국한된 것일까? 영상으로 만들어져 방영된 것들은 대표적인 사이비 종교만을 소개한 것이고 소개되지 않은 훨씬 더 다양하고 기상천외한 종교가 존재한다.

그런데, 비단 사이비 종교만이 문제일까?

"여러분 주님 사랑해요? 나 사랑해요? (아멘) 빨리 눈깔 빼 가지고 와요."
"여자가 하는 말 중의 절반은 사탄의 말이야."
"예수님이 눈에 보여 안 보여? 안 보이니까 목사님이 눈에 보이는 예수님이라고 생각하는 거야."
"목사님이 자기 남편보다 더 좋아지게 돼 있어요."

"여신도가 나를 위해 빤스를 내리면 내 신자요, 그렇지 않으면 내 교인이 아니다."

"뭐? 윤×열 마누라는 뭐? 도사님이 뭐 했다고? 에라이 개 같은 ×아. 빨리 회개해. 회개."

"성경을 보면 예수님 족보에 나오는 여자들의 이름이 있어요. 전부 다 창녀들입니다. 창녀 시리즈입니다. 마리아도 미혼모야 미혼모. 이건 전부 창녀 시리즈야."

"여러분들은 육신적으로 깨끗하게 살았어도 이미 사탄하고 하룻밤 잔 사람들이야. 창녀야 창녀. 여러분이 창녀란 걸 인정해요? (아멘!)"

"나를 보고 창녀라고 개×× 떤다. 저 ××가(라고 생각하면) 그럼 니는 창녀보다 더 나쁜 ×이야. 너는 588 출신이야."

"하나님 꼼짝 마. 하나님. 하나님 까불면 나한테 죽어. 내가 이렇게 하나님하고 친하단 말이야, 친해."

"기독교인들이 마지막 하늘나라 갈 때, 예쁜 간호사들 말이야. 치마도 짧게 입혀서 가슴도 볼록 튀어나오게 해서, 그래서 딱 그 성가대 만들어서 말이야."

"나는 돈 좋아해요. 굉장히 좋아해요. 돈 좋아하는데. 청년 사업단에서 통신사 이동 그거 완성했어요. 그거 만드는 데 30억 들었어요. 30억. 이제 통신사 이동을 1,000만 개를 해야 돼. 1,000만 개. 그러면 1천2백만 기독교인들은 다 통신사 이동에 참여해야 돼? 안 해야 돼? (해야 돼요) 안 하는 사람들은요. 생명책에서 이름을 지워야 해요."

"(미국 회사에서) 50년 동안 이자 없이 돈을 22조를 빌려주겠다. 우와. 50년 후에 그러면 빌려서 갚아야 돼? 안 갚아도 돼. 재림하시거든 주님이. 재림하는데 뭘 갚아. 주님이 재림하는데."

어느 교회의 전×훈 목사라는 사람이 한 말인데, 유튜브를 찾아보면 이 내용을 쉽게 확인할 수 있다. 이 같은 말을 스스럼없이 내뱉고 정치에 깊숙이 관여하며 쌍욕을 너무나 자연스레 내뱉으니 이런 모습을 보면 목사인지 사이비 교주인지 분간을 할 수 없다. 이를 믿고 따르는 이들이 과연 진정한 종교인인지? 아니면 종교를 가장한 그 어떤 목적을 가진 집단인지는 스스로가 판단할 문제다.

현재 우리나라에서 큰 세력을 가진 개신교는 전 세계에서도 유독 우리나라에서만 가장 기형적으로 발달해 왔다. 물론 훌륭한 목사님과 신도들이 많이 있지만 일부 목사가 교회를 자식에게 세습하고, 교회를 매매할 때 신도의 수를 카운트하여 명당 얼마씩 계산한다는 것은 공공연하게 알고 있는 사실이다. 하나님을 믿는 종교 대다수가 사이비 종교와 관련이 있는 것은 아니지만 많은 사이비 종교는 하나님과 관련이 있다. 하나님을 앞세워 선교 등을 이유로 끊임없이 세를 확장해 나간다. 많은 이들이 하나님을 믿는 이유는 뭘까? 일단은 쉽다. 잘못을 저질러도 회개하면 용서가 되니 같은 잘못을 되풀이한다. 물론 모두가 그런 것은 아니다. 올바른 신도가 더 많으리라 생각한다.

영화 〈밀양〉에서 전도연 배우가 그녀의 아들을 죽인 살인범 면회를 위해 교도소에 갔다. 그를 용서하고자 면회를 간 전도연이 어렵사리 살인범 앞에 섰다. 그 순간 그녀의 아들을 죽인 살인범이 그녀에게 말한다.

"하나님이 이 죄 많은 놈한테 손 내밀어 주시고,
그 앞에 엎드려서 지은 죄를 회개(悔改)하도록
하고 제 죄를 용서해 주셨습니다."

"하나님이 죄를 용서해 주셨다고요?"

"네. 눈물로 회개하고 용서받았습니다. 그러고
나서부터 마음의 평화를 얻었습니다. 아침에 일
어나자마자 기도하고 하루하루가 얼마나 감사
한지 모릅니다. 하나님한테 회개하고 용서받으
니 이렇게 편합니다. 내 마음이. 요즘은 기도로
눈뜨고 기도로 눈 감습니다. '주'의 어머니를 위
해서도 항상 기도합니다. 죽을 때까지 할 겁니
다. 그런데 이제 이렇게 직접 만나고 보니 하나
님이 제 기도를 들어주신 것 같습니다."

− 영화 〈밀양〉 내용 중 −

그 장면을 보며 헛헛한 웃음이 나왔다. 용서는
'신'이 아닌 '피해 당사자'에게 해야 하는 것이다. 피해
자가 용서하지 않았는데, 신이 용서했다? 그야말로
신을 빙자한 참으로 아이러니한 정신병 말기 증세가
아닌가? 이후 면회를 마치고 나온 그녀는 말한다.

"어떻게 용서를 해요? 용서하고 싶어도 난 할 수가 없어요. 그 인간은 이미 용서를 받았다는데… 그래서 마음의 평화를 얻었다는데… 내가 그 인간을 용서하기도 전에 어떻게 하나님이 그 인간을 먼저 용서할 수 있어요?"

진정 하나님이 있는 것인지? 아니면 죄책감에 사로잡힌 한 인간이 마음의 짐을 덜고, 자신의 죄를 사(赦 지은 죄나 허물을 용서하다)하기 위해 상상 속의 하나님을 만들어 내 셀프 사면(赦免 죄를 용서하여 형벌을 면제함)을 감행(敢行 과감하게 실행함)한 것은 아니었는지? 그것도 아니라면 아직도 죄를 뉘우치지 못한 파렴치한 살인범이 본인의 세상에는 지금까지도 존재하지 않는 하나님을 만들어 내 '용서받았다'라는 말을 주위에 퍼트리며 스스로에게도 최면을 걸면서 현실에서 도피하기 위한 하나의 수단으로 삼은 건지도 모른다.

반면 누구나 수행을 하고 깨달음을 얻으면 부처가 될 수 있다는 것이 불교의 가르침이다. 불교는 죄를 지으면 용서받을 수 없다. 그러니 애당초 죄를 짓지 말라는 것이다. 잘못하면 죽어서 지옥에 떨어지고, 죄를 지으면 죗값은 반드시 받아야 한다. 그것이 바로 윤회(輪廻 수레바퀴가 끊임없이 구르는 것과 같이, 중생이 번뇌와 업에 의하여 삼계 육도(三界六道)의 생사 세계를 그치지 아니하고 돌고 도는 일)가 무서운 이유다. 이 윤회는 그것이 무엇이든 철저하게 스스로 지은 대로 받는다는 자업자득(自業自得 자기가 저지른 일의 결과를 자기가 받음)에 기초를 두고 있다. 업(業 미래에 선악의 결과를 가져오는 원인이 된다고 하는, 몸과 입과 마음으로 짓는 선악의 소행)에 따라 여섯 가지 세상(육도 六道)에서 번갈아 태어났다 죽으며 유한의 생사를 거듭한다. 인간이 죽더라도 그것으로 끝난 게 아니다. 본인의 업(業)에 대한 책임을 '반드시' 져야 한다는 불교의 육도윤회(六道輪廻)는 일반인을 교화(敎化 부처의 진리로 사람을 가르쳐 착한 마음을 가지게 함)시키는 데는 그야말로 가장 설득력이 강했던 사상 중 하나이다.

인과응보(因果應報)가 철저히 적용되며 평소 내

삶에서 꾸준히 실천해야 하는 종교가 불교다. 그러니 그것을 믿기에는 삶이 너무 피곤하다. 어찌 마음 수양을 평생 하고 부처의 깨달음을 얻기 위해 도를 닦는 심정으로 살아가야 한단 말인가. 내가 깨달음을 얻어 부처가 되기 위해서는 평소 부처처럼 수행하는 마음으로 살아야 한다니 이 얼마나 힘들고 고된 일인가 말이다. 물론 불교 신자라 하여 다 그렇게 사는 것 또한 아니다. 만약 불교 신자 모두가 부처와 같은 삶을 살았다면 이미 극락(極樂 괴로움이 없으며 지극히 안락하고 자유로운 세상)이 현실 세상에 도래(到來 어떤 시기나 기회가 닥쳐옴)했을 테니 말이다.

종교를 믿는 것도 좋지만 과유불급을 반드시 명심해야 한다. 맹목적인 믿음보다는 평소, 또는 내 삶이 지치고 흔들릴 때 '의지' 정도 하며 마음의 위안을 얻는 것으로 그치는 것이 좋다. 자칫 잘못하다가는 나도 모르는 새 종교에 흠뻑 빠져들어 그것 없이는 살 수 없는 중독의 길로 들어설지도 모른다. 아프면 병원에 가야지 기도한다고 낫지 않는다. 목사님도 스님도 무당도 아프면 병원에 간다. 정도를 지나침은 미치지

못함과 같으니 뭐든 적당히 하는 것이 좋다. 공자가
어느 날 심심해서 《논어》의 〈선진편(先進篇)〉에 과유
불급(過猶不及)을 언급한 것이 아니다. 그만큼 중요
하기에 언급했고 또한 살아가며 주위에서 심심찮게
들을 수 있는 말이기도 하다. 과유불급을 늘 명심하고
살아갈 필요가 있다.

무언가를 믿고 싶을 때는 그냥 나 자신(神)을 믿
어 보면 어떨까? 허상만을 좇다가 자신의 정체성마저
모호해지고 결국 육신과 영혼이 오갈 데 없는 허깨비
신세로 전락할 가능성이 크다. 나와 나를 응원해 주는
주위를 믿고 자존감을 높이며 살아가는 것만큼 현실
적이고 현명한 일은 없다.

지금, 이 순간. 하나님과 부처님이 저 하늘 위에
서 우리를 내려다보고 빙긋이 웃으며 이렇게 말할지
도 모른다.

"나는 그렇게 하라고 시킨 적이 없다."

인간이 감히 대항하지 못할 만한 절대적인 존재인 '신(神)'을 앞에 내세워 나약한 인간을 좌지우지하는 그것! 그것을 교묘하게 이용하여 나약한 인간을 가지고 노는 또 다른 인간! 어쩌면 종교는 인간이 만든 가장 성공한 비즈니스일지도 모른다.

※ 육도윤회(六道輪廻): 인간이 죽어도 그 업(業)에 따라 육도(六道)의 세상에서 생사를 거듭한다는 불교 교리(힌두교 교리)

첫째는 지옥도(地獄道)로서 지옥에 태어난 이들은 심한 육체적 고통을 받는다.

둘째는 아귀도(餓鬼道)로서 지옥보다는 육체적인 고통을 덜 받으나 굶주림의 고통을 심하게 받는다.

셋째는 축생도(畜生道)로서 네발 달린 짐승을 비롯하여 새·고기·벌레·뱀까지도 모두 포함된다.

넷째는 아수라도(阿修羅道)로서 노여움이 가득 찬 세상으로서 남의 잘못을 철저하게 따지고 들추고 규탄하는 사람은 이 세계에 태어나게 된다.

다섯째는 인간이 사는 인도(人道)이다.

여섯째는 행복이 두루 갖추어진 하늘 세계의 천도(天道)이다.

곧 인간은 현세에서 저지른 업에 따라 죽은 뒤에 다시 여섯 세계 중의 한 곳에서 내세를 누리며, 다시 그 내세에 사는 동안 저지른 업에 따라 내내세에 태어나는 윤회를 계속하는 것이다.

출처: 네이버 지식백과

[윤회(輪廻) (한국민족문화대백과, 한국학중앙연구원)]

Chapter 2

배움에 대하여

01 이렇게 또 하루가 간다

어떻게 살아도 하루는 간다. 부질없이 시간을 흘려보내도 하루는 가고 미친 듯이 바쁘게 살아도 하루는 간다. 가끔은 여유를 즐기며 나를 돌아보는 시간을 가지는 것이 필요하다. 하지만 시간을 헛되이 보내서는 안 된다. 여유로운 시간을 즐기는 것과 헛되이 보내는 시간은 구분되어야 한다. 놀더라도 헛되이 놀지 말고 의미를 남기며 가치 있게 놀아야 한다. 지난 시간을 돌이켜 봤을 때 무언가 기억에 남도록 보내는 것이 좋다.

바쁘게 살아가는 것의 장점이 있지만 이룬 것 없이 그저 바쁘기만 해서는 안 된다. 학교나 회사 등의 조직에서 내가 맡은 일(ex. 프로젝트, 신사업 등)에 온 힘을 다해 노력했다면 그것은 참 잘한 일이다. 그런데, 그 이후는 어떨지 생각해 볼 필요가 있다. 그 일 말고 나 자신을 위해서 이룬 것은 뭔지, 나는 오늘 어떤 흔적을 남겼는지 한번 돌이켜 보자. 학교, 동아리, 회사 등 조직의 목표와 내 삶의 목표는 나누어 생각해 볼 필요가 있다. 조직 속에 있을 때 존재하는 나와 조직을 벗어나서 자연인으로 존재했을 때의 나는 별개로 생각하고 나만의 흔적을 매일 남겨야 한다.

'내 꿈', '내가 하고 싶은 것', '내 목표'는 모두 다를 수 있다. 만일 내 꿈이 100억을 버는 것이라면 내가 하고 싶은 것은 북유럽 배낭여행을 가는 것이고, 내 목표는 5년 내 스타트업(Start-up) 창업을 하는 것이나 자격증을 따는 것일 수도 있다.

남들 다 하는 일을 한다고 유세 떨 필요 없다. 일은 누구나 다 한다. 할 일이 없거나 일부러 하지 않거나 내가 무슨 일을 어떻게 해야 할지 모르지 않는 이상에는 밥 먹고 살려면 누구나 다 하고 살아가는 것이 일이다. 그렇다면 그 '일'이라는 것을 빼고 오늘 하루 온전히 나를 위해서 무엇을 했는지 생각해 볼 필요가 있다.

여기, 하루도 빠지지 않고 매일 3시간씩 독서를 해 온 한 사람이 있다. 15살 때부터 시작된 그의 독서 습관은 주변의 감탄을 자아낸다. 그는 70년 동안 지속해서 책을 읽었다. 85세가 된 그는 명실공히 다독가로서 주위에 이름을 떨쳤다. 이틀에 한 권, 한 달에 15권, 일 년에 180권, 70년 동안 12,600권의 책을 읽었다. 주위 사람들은 그가 책을 많이 읽어서 아는 것이 많고 지혜롭다며 칭찬이 자자했다. 그는 그렇게 85세에 생을 마감했다. 생을 마감하는 순간까지도 책을 놓지 않았던 그는 이렇게 생각한다.

'나는 평생 정말 책을 많이 읽었어. 후회 없이 읽고, 읽고, 또 읽었어. 모든 사람이 나를 지식이 많은 사람이라고 칭찬을 아끼지 않았어. 나는 만족해. 책을 통해 배운 지식은 나를 경이로운 세상으로 이끌었어. 역시 책을 많이 읽기 잘했어.'

그는 책을 많이 읽어 지식이 많은 사람으로 평생을 살았다. 죽을 때까지 평생 책만 많이 읽다가 죽었다. 그런데, 그 이후에는 과연 무엇이 남았을까? 주위의 칭찬? 자기만족?

사실 매달 어김없이 15권의 책을 읽었는지는 본인만 알 뿐 아무도 모른다. 본인이 그렇다고 하니 그런 줄 아는 것이다. 간혹가다 나는 몇천 권의 책을 읽었다며 자랑 삼아 말하는 사람들을 만날 수 있다. 그런데 그가 1천 권의 책을 읽었는지 1만 권의 책을 읽었는지는 아무도 모른다. 30페이지짜리 동화책도 포함하는지 100페이지짜리 책만 읽었는지 500페이지짜리 책은 얼마나 읽었는지 알 수 없다. 독서량을 자랑하고, 뭔가 있어 보이기 위해 본인이 하는 말뿐인지도 모른다. 그것을 검증할 방법이 없다. 물론 읽은 책 모두를 이해했는지도 모를 일이다.

그렇다면 이 사람이 평생 책을 읽은 것뿐만 아니라 글도 함께 쓰며 일 년에 한 권씩 책을 냈다면 어떤 결과가 나왔을까? 책을 읽으며 책의 감상이나 본인의 평소 생각을 글을 통해 남겼더라면 어땠을까? 쓰는 것은 읽는 것보다 시간이 더 많이 걸리니 책을 읽으면서 동시에 글을 썼다고 가정해 보자. 글을 쓰며 독서를 했으니 이틀에 책 한 권을 읽는 것이 아니라 일주일에 한 권을 읽었더라면? 일 년에 52권, 70년 동안 3,640권의 책을 읽었을 것이다. 글을 쓰지 않았더라면 3.5배 정도의 독서를 더 해서 12,600권의 책을 읽을 수 있었을 테지만 글을 쓰는 바람에 3,640권의 책을 읽은 것이다. 그런데 85세까지 그렇게 살아온 그의 인생에는 무언가가 남았다. 바로 70권의 책이다. 70권이라는 책이 유형의 자산으로 그의 곁에 남은 것이다. 매일 일기장, 블로그, 인터넷 카페, 핸드폰 메모장에 짧게 쓴 글들을 모아서 매년 책으로 출간했다. 베스트셀러가 되어 10만 부 이상 나간 책도 있고 1천 부가 채 안 나간 작품도 있다. 그러나 그의 생이 마감한 후에도 그의 작품은 그를 기억하는 이들의 마음속에 영원히 남아 있다. 유형의 모습이든 무형의 모습으로든 말이다. 그는 생의 마지막을 앞두고 어떤 생각을 했을까?

'책을 읽고 글을 쓰기 참 잘했어. 그것이 일기장에 쓰는 일기가 되었든 아니면 블로그에 올리는 글이되었든 간에 말이야. 그래도 뭔가는 남았잖아. 내가 읽은 책들과 내가 살아온 날들에 관한 생각을 글로 정리해 놓았으니 참 다행이야. 그래. 정말 잘한 것 같아. 내 사랑하는 아이들과 그 녀석들의 아이들, 그리고 아이들의 아이들도 언제까지나 내가 남긴 글을 보며 나를 기억할 테지. 내 책을 읽은 독자들의 삶에 조그만 도움이라도 되었으면 좋겠어.'

글을 쓴다는 것이 꼭 책을 내는 것을 뜻하지는 않는다. 《안네의 일기》를 책으로 내었던가? 《난중일기》가 책으로 내어서 유명해졌던가? 유시민 작가가 스물여섯 살에 감옥에서 쓴 원고지 100장 정도의 《항소 이유서》를 책으로 내었던가? 지금은 모두 책으로 나왔지만, 그 당시에는 그저 글만 썼을 뿐이다. 책으로 낸다면 더할 나위 없이 좋겠지만 어디에 쓰든 그저 쓰는 행위 그 자체만으로도 충분하다.

책을 읽고 글을 쓰는 행위에 하나를 더해 보자. 무엇을 더해 보면 좋을까? 바로 실천이다. 예를 들어 책은 누구나 읽을 수 있다. 하지만 누구나 쓸 수는 없다. 쓴다는 것은 바로 실천하는 것이다. 글을 쓴다는 것은 책을 읽고 할 수 있는 수많은 실천 중 단 한 가지의 방법일 뿐이다. 하지만 쓴다는 것은 유형의 무언가를 남긴다는 측면에서 다른 어떤 실천 못지않게 중요한 일이다. 따라서 쓴다는 행위는 여러 실천법 중 그 무게가 과히 무겁다고도 할 수 있다.

그럼 글을 쓰는 것만으로 충분한 실천이 되었는가를 돌이켜 보자. 아니. 그 이전에 책을 왜 읽는지를 먼저 따져 봐야 한다.

'나는 책을 왜 읽을까?'라는 질문을 자신에게 던져 볼 필요가 있다.

'나는 왜 책을 읽는가? 아는 체하며 어설픈 폼이나 잡으려고? 잡다한 지식을 머릿속에 넣으려고? 그저 재밌어서?'

이유는 하나다. 무언가를 배우기 위해서다. 배웠으면 어떻게 해야 할까? 배운 것으로 만족하고 끝낼 것인가? 아니면 배운 것을 나만의 것으로 만들기 위해 삶에 적용할 것인가? 살다가 나중에라도 생각이 난다면 그때야 적용할 것인가? 아니면 지금 즉시 적용할 것인가를 생각해 봐야 한다. 오로지 본인이 선택할 문제다. 책을 읽고 강의를 듣는다는 것은 결국 배우기 위해서이다. 그리고 배웠으면 지금 즉시 내 삶에 적용해야만 한다. 안 그러면 책을 읽고 강의를 듣는 이유가 퇴색된다. 그러니 부디 이 글을 읽은 후에는 어떠한 책을 읽든 하나쯤은 내 삶에 즉시 그 공식을 대입해서 적용해 보도록 하자. 그렇게 조금씩 바뀌어 가는 나를 느끼며 삶의 즐거움을 키워 나갈 필요가 있다.

돌고 돌아 결국에는 또 책을 많이 읽으라는 이야기라고 생각할 수 있다. 하지만 책을 읽고 글을 쓴다는 것은 그냥 흘려보낼 수 있는 하루하루를 살아가며 실천할 수 있는 수많은 방법 중 가장 쉽고도 의미 있는 일이기에 소개하는 것이다. 외부로부터 어떠한 정보도 받아들이지 않으면서 혼자만의 생각으로 세상 모든 것을 다 깨우칠 만큼 우리는 똑똑하지 않다. 책을 읽는다는 것은 최소한 나보다 하나 정도는 더 실천해 본 저자가 연구하고 생각하여 쓴 것을 배울 수 있는 좋은 기회다. 그러니 해(害)가 되기보다는 아무래도 얻을 것이 더 많다. 물론 책을 읽으면 평균적으로 책의 내용 중 4% 정도만 쓸 만하다는 통계가 있다. 그래도 그 4%가 어딘가. 내 시간을 절약할 수 있게 나 대신 열심히 책을 만들어 세상에 내준 저자에게 고마운 마음을 가지고 책을 한번 열심히 읽어 보자. 읽었다면 책 내용 중 최소한 하나 정도는 내 삶에 즉시 적용해 보자. 삶에 적용하는 내용은 많을수록 좋을 것이나 서두르면 쉽게 지칠 수 있으니 하나부터 시작해서 조금씩 늘려 가면 된다. 태산도 한 줌의 모래가 쌓여 이루어지는 법이다.

거듭 말하지만 절대 잊지 말아야 할 것은 책을 읽고 단 하나도 실천하지 않으면 책을 읽는 의미가 없다는 사실이다. 한 권의 책을 읽고 나면 무조건 책 내용의 하나 이상은 꼭 실천하는 습관을 지닐 필요가 있다. 이렇게 실천한다면 지금까지 꿈만 꾸었던 이상이 현실이 되는 경험을 곧 할 수 있을 것이다. 그렇게 의미 있는 하루를 살아가도록 매일 노력해야 한다. 지금 나의 스무 살을 그렇게 만들어야 한다.

02   매일 아침이 설레는 너에게

나는 매일 설레는 아침을 맞이하고 있는지 한번 생각해 보자. 아침이 설레지 않다면 그것은 분명 큰 문제다. 오늘 목표가 없다는 것이다. 매일 목적 없는 삶을 살아간다면 내 삶이 너무 서글프지 않을까? 매일 아침 눈뜨는 순간을 기쁨으로 맞이할 필요가 있다. 매일 아침 인상을 찌푸리며 침대와 한 몸이 되어 '5분만 더'를 외쳐서는 안 된다. 얼른 자리에서 일어나 새로운 아침을 맞이해야 한다. '맞이한다'라는 말 자체가 무척이나 설레는 의미다. 왜 아침이 빨리 오지 않냐며 아침을 기다려야 한다. 웃으며 눈을 뜨고 바로 시작할 일들을 생각하며 매일 아침을 설레는 마음으로 맞이하도록 하자.

잠을 잔다는 행위 자체는 축복이다. 매일 불면증

에 시달리며 수면제 없이는 잠들 수 없는 사람들을 생각한다면 편안하게 잠드는 행위를 큰 축복이라 생각해야 한다. 내일을 생각하며 편안하게 쉴 수 있는 숙면의 시간을 즐겨야 한다. 하지만 한편으로는 잠드는 시간을 애석(哀惜)하게 생각할 필요도 있다. 깨어 있음으로써 할 수 있는 일이 얼마나 많은지 자신에게 한 번 물어보자.

학창 시절 소풍 가기 전날은 어떤 기분이었는가? 다음 날이 기대되고 설레어 잠을 못 이룬 적이 있지 않은가? 혹시 첫사랑을 경험해 본 적이 있다면 첫사랑으로 인해 가슴 설레던 시절을 떠올려 보자. 그(그녀)를 만나기 위해 다음 날이 그렇게도 기다려지지 않았던가? 날마다 그런 날로 만들어야 한다. 매일 아침이 소풍 가듯 설레는 날이어야 하고 매일 아침이 첫사랑을 만나러 가는 발걸음처럼 경쾌하게 시작되어야 한다.

목적을 가진다면 매일 그렇게 살아갈 수 있다. 목적이 없으니 매일 새로운 아침을 맞이하더라도 멍하고 어제와 별반 다를 바가 없는 것이다. 시키는 일을 해서 그런 것이고, 해야만 하는 일을 하니 그런 것이다. 내가 하고 싶은 일을 시작하고 목적을 가지고 살아야 한다. 설레는 아침을 맞이하기 위해서는 내 삶을 주도적으로 만들어야 한다.

아침을 맞이한다는 것은 축복이다. 밤마다 잠이 드는 것을 생을 마감하는 것으로 생각해 보자. 잠이 든 시간은 어머니의 배 속에 있는 편안한 시간으로 생각하고 매일 아침 눈을 뜨는 것은 새롭게 태어나는 것으로 생각해 보자. 매일 아침 새로운 삶을 부여받는다면 내 생의 가장 큰 선물인 오늘 하루를 누구보다 값지게 잘 살아 내야 할 필요가 있다. 하루를 의미 없이 그냥 흘려보내는 것만큼 큰 죄는 없다. 의미 없이 흘려보낸 하루에 면죄부는 없다. 오늘 하루를 기적이라 생각하고 나에게 주어진 하루를 최대한 값지게 살 수 있도록 노력해야 한다.

생각만 하는 것도 좋지만 쓰는 것이 가장 명확하다. 내일 그리고 모레 할 일을 미리 써 두자. 일주일

후, 한 달 후에 할 일도 미리 써 보자. 매일 반복적으로 해야 할 일도 써 두자. 생각날 때마다 써 놔야 잊어버리지 않는다. 그리고 써 놓은 것은 반드시 지킨다는 생각으로 하루를 살아야 한다. 오늘 하루밖에 못 산다는 생각으로 하루를 살아 보자. 그 하루가 7번, 30번, 365번 쌓여서 어떤 결과를 가져올지 상상해 보라. 미처 상상이 안 된다면 의심하지 말고 그냥 한번 실천해 볼 것을 추천한다.

24시간 최대한으로 에너지를 가동하라는 것이 아니다. 하루를 알차게 사는 일과(日課) 중에는 독서도 산책도 친구와의 만남도 있을 수 있다. 시간 배분을 잘하여 하루를 값지게 살라는 의미다. 그렇게 살아온 하루를 회상하며 잠자리에 들기 전 뿌듯함을 느껴 보자. 그 시간에는 새롭게 맞이할 내일 아침을 생각하며 희망에 부푼 꿈을 꾸어야 한다. 그것이야말로 진정 훌륭하고 값진 삶이며, 하루하루 나에게 선물로 주어진 시간에 대한 최소한의 예의를 지키는 것이다. 살아가며 타인에게 지키는 예의도 중요하지만 스스로에게 지키는 예의는 더 중요하다. 내 삶에 대한 예의를 매일 지키며 살아가야 한다. 매일 그렇게 산다는 것은 무척 힘든 일이지만 힘든 만큼 가치가 있다. 가치 없는 쉬운 일을 할 바에야 차라리 조금 힘들더라도 가치 있는 일을 하며 살아가는 편이 낫다. 죽을 만큼 힘들게 보내도 하루는 가고 어영부영 시간을 보내도 하루는 간다. 선택은 본인의 몫이다.

나이가 들었다고 세상 다 산 것처럼 하루하루를 헛되이 흘려보내서는 안 된다. 그렇게 살아가는 이들에게서 오는 사회적 비용의 손실이 실로 어마어마하다. 분명 내가 할 수 있는 일, 그리고 내가 하고 싶은 무언가가 있을 것이다. 그것을 찾아서 어딘가에 적어라. 그리고 다음 날 그것을 실행하면 된다.

70대가 봤을 때는 하루하루를 헛되이 사는 60대가 얼마나 한심해 보이겠는가? 80대가 봤을 때는 하루를 그냥 흘려보내는 70대가 얼마나 안타깝게 느껴질지 생각해 볼 필요가 있다. 90대는 80대를 바라보며 이런 생각을 하고도 남을 것이다.

"만일 내가 저 시간으로 돌아갈 수 있다면 참 좋을 텐데….."

"왜 저 젊은 날을 저렇게 의미 없이 흘려보낼까?"

'내 생에 가장 젊은 순간은 바로 지금'이라는 것을 늘 명심하고 하루를 값어치 있게 살아 내도록 노력해야 한다.

하루를 의미 없이 살지 않기 위한 좋은 방법이 있다. 바로 하루 중 의미 없는 일을 하는 시간을 최대한 줄이면 된다. 내가 '해야 하는 일'과 '하고 싶은 일'을 하는 순서를 정하자. 그리고 그대로 실천하는 습관을 만들어 보자. 매일의 일정을 빠듯하게 설계하여 그 시간 속으로 나를 내던져라. 던져진 시간 속에서는 누구보다 치열하게 살도록 노력해 보자. 바쁘게 살아도 하루는 가고 의미 없이 시간을 보내도 하루는 간다. 속절없이 하루를 무책임하게 흘려보내고 잠드는 순간 후회를 할 것인지? 조금 피곤하지만 치열하게 하루를 살고 뿌듯한 마음으로 잠자리에 들 것인지 선택해야 한다.

의미 없는 만남, 의미 없는 술자리, 의미 없이 흘려보내는 시간을 줄이고 내가 마주하는 모든 시간을 가치 있고 의미 있는 시간으로 가득 채워 보자. 매일 조금씩 더 보람 있는 시간으로 만들어 보자. 한 번 지나가면 두 번 다시 오지 않는 것이 바로 시간이다. 이 사실은 누구나 다 알지만 아무도 모른다. 알면서도 실천하지 못한다. 마치 알아도 모르는 것처럼 그렇게 살아간다. 매일 나에게 미안하지만 미안해하지 않는 것처럼 자신을 속이고 살아가서는 안 된다. 바보같이 매일 지나간 시간에 대한 후회를 남기지 말고 지금, 이 순간에도 흐르고 있는 시간을 붙잡지 못함을 안타까워해야 한다. 매일 모두에게 똑같이 주어지는 시간이란 선물을 오늘 하루 나는 얼마나 밀도 높게 사용했는지가 오늘 하루를 얼마나 값지게 살았는가를 결정한다.

매일 아침이 오는 것을 당연하게 생각해선 안 된다. 매일 만나는 아침을 축복이라 생각해야 한다. '네가 헛되이 보낸 오늘은 어제 죽은 이가 그토록 그리던 내일이다'라는 말을 수시로 떠올리며 새롭게 마주하는 매일 아침을 설렘과 기쁨과 고마움으로 맞이해야 한다. 매일 밤 잠들기 전 자신에게 부끄럽지 않았던 오늘 하루를 살아 내자. 그리고 새로이 다가올 찬란한 내일을 꿈꿔 보자. 매일 밤이, 그리고 매일 아침이 어제와는 조금은 다른 느낌으로 다가올 것이다.

03 매일 목표를 세워라

하루를 헛되이 보내지 않기 위해서는 매일의 목표를 세워야 한다. 그리고 오늘 안에 그 목표를 반드시 실천한다는 생각으로 삶을 살면 된다. 오늘의 목표를 다하지 못했으면 잠들지 않는다는 각오로 임하는 것이 좋다. 목표(目標 어떤 목적을 이루려고 지향하는 실제적 대상)를 이루기 위해서는 먼저 기준(基準 기본이 되는 표준)을 세우는 것이 좋다. 내 삶의 기준을 세우고 기준에서 벗어나지 않도록 사는 것이 무척 중요하다.

여기 A라는 사람이 있다.

오전 7시. 눈을 뜨자마자 졸린 눈을 비비며 핸드폰을 집어 든다. 밤새 뉴스거리는 없었는지? 새로운 메시지가 왔는지? 주식은 올랐는지? 추천 영상이 올라왔는지? 전날 SNS에 올린 게시물에 '좋아요'와 '댓글'은 몇 개나 달렸는지? 매일 아침 눈을 뜨면 그것부터 확인한다. SNS에 하나하나 답글을 달아 주고 알고리즘으로 올라온 추천 동영상을 보며 금세 몇 시간을 보낸다.

오전 9시. 허기가 지자 식탁으로 가서 대충 차린 후 밥을 먹는다. 앞에는 어김없이 유튜브 영상이 돌아가고 있다. 음식이 코로 들어가는지 입으로 들어가는지도 모르고 흥미롭게 영상을 바라보며 식사를 한다. 매콤한 맛이 올라와 쳐다보니 케첩이 아닌 고추장이 입에 들어와 있다. 살짝 미간을 찌푸리며 마저 식사를 한다. 대충 식사를 마친 후 물을 벌컥벌컥 마시고 침대로 가서 다시 눕는다. 여전히 영상은 돌아가고 있다. 영상을 보며 한참 동안 낄낄거리다가 인상을 쓰다가를 반복한다. 시간은 벌써 정오를 가리킨다.

여기 B라는 사람이 있다.

오전 7시. 눈을 뜨자마자 졸린 눈을 비비며 핸드폰을 집어 든다. 혹시라도 밤새 새로운 메시지가 왔는지 잠시 살펴보다 이내 기지개를 켜고 자리에서 일어난다. '5분만 더'라는 말 따위는 내 사전에 없다.

오전 7시 10분. 화장실로 가서 밤새 묵은 노폐물

을 몸 밖으로 배출한 후 온몸이 나른해질 정도의 온수를 맞으며 느긋하게 아침 샤워를 즐긴다.

오전 7시 50분. 부엌으로 나와 커피를 내리고 뉴스를 보며 간단하게 아침 식사를 한다.

오전 8시 30분. 식사를 마치고 운동복으로 갈아입고 근처 공원으로 나간다. 이어폰을 끼고 좋아하는 노래와 시사 프로그램을 들으며 한 시간 정도 조깅을 한다.

오전 9시 30분. 집으로 돌아와 찬물로 샤워를 한 후 책을 펼쳐 든다. 책을 읽는 중 좋은 구절은 노트에 따로 정리한다. 이렇게 해 두면 다음에 써먹기가 좋다.

오전 11시. 평소에 따로 모아 둔 글과 생각을 정리해서 블로그에 글을 올린다. 시간이 한 시간 정도 걸린 것 같다. 이렇게 모아 놓은 글들은 잘 편집해서 나중에 한 권의 책으로 낼 생각이다. 생각만 해도 설렌다. 시간은 이제 정오를 가리킨다.

똑같이 5시간을 보냈지만, A와 B가 한 일은 무척 다르다. 바쁘게 사는 것이 중요한 게 아니라 가치 있게 사는 것이 중요하다. 얼마나 시간을 알차게 보내는

지가 아니라 얼마나 허비하는 시간을 줄이는지가 중요하다. 허비하는 시간을 줄이기 위해서는 내 삶에 어떤 일이 가치 있는지 시간이 날 때마다 한번 적어 볼 필요가 있다. 한 가지 힌트를 주자면 가치 있는 일을 하기 위해 매일 노력할 필요가 없다. 오히려 가치 없는 일을 하지 않기 위해 노력하는 편이 낫다. 그렇게 하나씩 가지를 쳐 나가다 보면 결국 가치 있는 일들만 남게 될 테니 말이다.

목표를 세우고 실천하기 위한 가장 좋은 방법은 시간을 쪼개는 것이다. 내 목표를 1,000으로 잡았다면 100으로 쪼개고 10으로 쪼갠 뒤 마지막으로 1로 쪼개는 방법을 쓰도록 해라. 예를 들어 토익 점수가 필요하다면 목표한 점수를 받기 위해 매달 몇 점씩 올려야 하는지를 정하고 한 달, 일주일, 하루 동안 공부할 양을 정하면 된다. 작은 성공을 이루어야 큰 성공을 맛볼 수 있다. 처음부터 너무 거창한 목표를 잡지 말고 당장 내가 실천할 수 있는 목표를 설정한 뒤 그것을 매일 실천할 수 있는 양으로 쪼갠 후 꾸준히 실천하면 된다. 한 달 동안 영어 단어 1,500개를 외워야 한다면 하루에 영어 단어 50개를 외우는 식으로 목표를 설정하는 것이 좋다. 큰 목표는 이루기 어렵지만 작은 목표를 매일 이루어 나간다면 큰 목표는 저절로 달성할 수 있다. 글쓰기도 마찬가지고 운동도 마찬가지다. 하루아침에 책이 나오고 하루아침에 토익 990점을 받는 일은 없다. 지루하지만 의미 있는 시간을 참고 견뎌야 한다.

메멘토 모리라는 말이 있다. 메멘토 모리(Memento mori)는 '자기 죽음을 기억하라', '너는 반드시 죽는다는 것을 기억하라', '네가 죽을 것을 기억하라'를 뜻하는 라틴어이다. 고대 로마에서는 원정에서 승리를 거두고 개선하는 장군이 시가행진할 때 노예를 시켜 행렬 뒤에서 큰 소리로 외치게 했다. 라틴어로 죽음을 기억하라는 뜻인 메멘토 모리는 '전쟁에서 승리했다고 너무 자만하지 말라'. 비록 오늘은 개선장군이지만 너도 언젠가는 죽으니 겸손하게 행동하라는 의미에서 생겨난 말이다. 솔로몬왕이 그의 아버지인 다윗왕의 반지에 새긴 이 또한 지나가리라(This too shall pass)는 말과도 통한다.

1990년 개봉한 〈죽은 시인의 사회〉라는 무척이나 유명한 영화가 있다. 이 영화에 나오는 카르페디엠(Carpe diem)도 메멘토 모리와 함께 자주 인용되는 말이다. 아이비리그로 가기 위해 공부가 인생의 전부라 생각하며 고군분투하는 학생들과 교사가 있는 곳, 그곳은 바로 미국 입시 명문고 웰튼 아카데미다. 이곳에 새로 부임한 영어 교사 역을 맡은 '로빈 윌리엄스'가 학생 중 한 명에게 찬가집 542쪽의 시 첫 연을 읽어 보라고 한다.

"시간을 버는 처녀들에게. 할 수 있을 때 장미 봉우리를 거두라. 오래된 시간은 지금도 흘러가고 오늘 웃고 있는 이 꽃은 내일이 되면 죽어 사라지나니."

"이 말을 라틴어로 하면 '카르페디엠'이라고 한다. 이 말이 무슨 뜻인지 아는 사람?"

"현재를 즐기라는 말입니다."

"그렇지. 현재에 충실하라. 할 수 있을 때 장미 봉오리를 거두라. 시인이 왜 이런 말을 썼을까? 우리는 반드시 죽기 때문이지. 믿거나 말거나

여기 있는 우리는 모두 언젠가는 숨이 멎고, 차
가워진 채로 죽게 된다. 그러니, 카르페디엠. 현
재를 즐기라 소년들. 인생을 독특하게 살아라."

로빈 윌리엄스가 영화에서 이 말을 외치면서 카
르페디엠은 더욱 유명해졌다. 영화에서는 미국의 권
위주의적인 교육 현실의 폐해에 저항하는 청소년들
의 자유 정신을 상징하는 말로 쓰인다.

우리는 늘 목표를 바라보고 노력하며 미래를 향
해 살아가야 한다. 하지만 미래의 목표로 인해 지금,
이 순간을 놓쳐서는 안 된다. 젊음을 마음껏 누리고
즐겨야 한다. 이 순간을 즐기며 목표를 향해 나아가
야 한다. 순간을 즐기되 목표를 향해 나아가야 한다니
어려운가? 순간을 즐기는 것과 목표를 향해 나아가는
것은 별개의 문제다. 순간을 즐기지 않고 죽어라 목표
만 쫓는다고 하여 목표가 이루어지는 것도 아니고, 그
와 반대로 매사에 순간을 즐기며 살아간다고 하여 목
표가 이루어지지 않는 것도 아니다. 그러니 부디 깊이
생각하고 판단하여 '메멘토 모리'와 '카르페디엠'을 기억하며 살아가길 바란다. 하루를 헛되이 보내지 말라는 것은 제한된 하루라는 시간을 마치 다른 사람의 인생을 살 듯이 낭비하며 살지 말라는 말이다. 매일 밤 잠드는 시간이 허무가 아닌 보람으로 가득해야 한다. 시간의 중요성은 누차 반복해도 모자람이 없다.

어떻게 살아도 하루는 간다.

부질없이 시간을 흘려보내도 하루는 가고 미친 듯이 바쁘게 살아도 하루는 간다. 하루를 보내며 가치 있는 일을 하려고 노력하기보다는 가치 없는 일을 하지 않도록 노력해야 한다. 어떤 식으로든 내 삶의 발자취를 매일 남기도록 최선의 노력을 다할 필요가 있다. 그것이 나의 하루에 주는 선물이다.

지금 인생의 가장 젊은 시기를 보내고 있는 그대에게 고한다.

메멘토 모리(Memento mori).
카르페디엠(Carpe diem).

04   힘들지 않으면 아무것도 아니다

2024년 현재. 나는 대학교 1학년 아들과 고등학교 1학년 딸아이가 있다. 이 책《스무 살의 너에게》는 올해 스무 살이 된 아들과 3년 후 스무 살이 될 나의 딸, 그리고 나의 이십 대와 이 시대를 살아가는 스무 살을 떠올리며 기획한 책이다.

학교를 마치고 서울 생활을 시작한 나는 가정을 꾸리고 근 20년을 수도권에서 살았다. 일 년에 한두 번 고향에 내려왔다 올라갈 때마다 왠지 모를 여러 가지 감정을 느꼈다. 시원함과 서운함, 그리고 내가 있어야 할 곳이 아닌 곳으로 다시 돌아간다는 복잡한 감정을 말이다. 내가 태어나 자란 곳이 고향이고, 부모님이 계신 곳이 고향이라면 나는 또다시 고향을 등지고 내 자리가 아닌 곳으로 돌아간다는 느낌이었다.

1994년 방영된 드라마 〈서울의 달〉 주제곡인 장철웅 가수의 '서울 이곳은'이라는 노래가 끊임없이 떠오르는 서울 생활이었다. '아무래도 난 돌아가야겠어. 이곳은 나에게 어울리지 않아'라는 노래 가사를 유난히도 많이 되뇌었던 그런 서울 생활이었다.

아이들이 어릴 때는 정신없이 사회생활을 하고 아이들을 키우느라 미처 느끼지 못했다. 아이들이 조금 성장하고 나니 아이들이 자라는 만큼 나이 들어가는 부모님을 볼 때마다 멀리서 늘 마음이 쓰였다. 나는 아버지와는 여러모로 안 맞는 편이지만 가까이 살면서 옥신각신하더라도 멀리 있는 것보다는 차라리 그 편이 낫겠다는 생각이 들었다. 수도권 대학에 가려고 마음먹었던 아들을 설득하여 부산에 있는 대학으로 진학하였고, 2024년 1월 15일에 근 20년간의 서울 생활을 청산하고 고향인 부산으로 다시 내려왔다. 금의환향(錦衣還鄕 비단옷을 입고 고향에 돌아온다는 뜻으로, 출세하여 고향에 돌아오는 것)이었으면 좋았으련만 그냥 환향(還鄕 고향으로 돌아옴)이었다. 그래도 나이 드신 부모님 댁 근처로 이사를 하고 나니 마음은 한결 편해졌다. 지난 20년간 아이들을 위해서 살았다면 남은 20년은 부모님을 위해서 살아야겠다고 생각했다. 그것이 가족이고 그것이 부모 자식이라는 생각을 했다.

부산으로 이사를 온 뒤 10년 정도 쉬었던 운동을 다시 시작해야겠다는 생각이 들었다. 아프고 난 뒤 약 먹는 것보다 약값이라 생각하고 평소에 운동을 꾸준히 하는 편이 낫겠다 싶었다. 예전에 아들과 무에타이를 한동안 한 적이 있어서 비슷한 운동이 있는지 찾아보다가 집 근처에 있는 복싱장에 다니기 시작했다. 격투기를 한 번이라도 해 본 적이 있다면 그 운동의 중독에서 쉬이 벗어나기 힘들다. 격투기는 둘이서 하는 운동이라 생각할 수도 있지만 혼자서 하는 운동이라고 봐도 좋다. 스파링이나 시합을 나가기 전까지는 끊임없이 혼자서 단련해야 하는 운동이다. 내가 운동할 때 주위에 함께 운동하는 사람에게 자주 하는 말이 있다.

"힘들어?"
"네, 힘들어요."

"그래, 잘하고 있다. 힘들지 않으면 운동이 아니다."

나는 사실 매일같이 체육관에 나가기 전에 오늘 하루만 쉬면 어떨까 하는 유혹에 빠진다. 하루도 빠짐없이 똑같은 유혹에 흔들리지만, 하루를 쉬면 다음 날이 더 힘들다는 걸 알기에 힘든 몸을 이끌고 억지로 체육관으로 향한다. 체육관에 도착해서 줄넘기만 잡으면 어떻게든 시간이 간다. 시작이 반이라는 말을 매일 느낀다. 3분 1라운드에 중간 휴식 시간을 1분으로 설정해 놓고 운동을 시작한다. 운동하는 3분은 3시간처럼 길고, 휴식 시간 1분은 마치 1초처럼 짧게 느껴진다. 한두 시간 동안 땀을 뻘뻘 흘리며 운동하다 보면 너무 힘들어서 있지도 않은 동료들을 다 불어 버릴지도 모르겠다는 생각이 든다. 운동을 마치고 찬물로 샤워한 뒤 선풍기 앞에 서서 몸을 말릴 때가 하루 중 가장 행복한 시간이다.

나이가 들어가며 느끼는 게 있다. 조금 더 일찍 깨달았다면 인생을 조금 더 진하게 살았을 테지만 더 늦기 전에 알게 되어 그나마 다행이라 생각한다. 힘들지 않으면 운동이 아니고, 힘들지 않으면 공부가 아니고, 시련이 없으면 인생이 아니다. 인간은 태어나면서부터 고해(苦海 고통의 세계, 고통의 바다)가 시작된다. 몸짱이 되고 싶은데 힘든 것은 싫고, 공부는 잘하고 싶은데 공부하기는 싫고, 똑똑해지고 싶은데 책은 읽기 싫은 것이 사람이다. 하지만 원인에 따른 결과가 나타나는 것은 세상 이치다. 힘들게 해야 무엇이든 이루어진다.

우리 아이들은 어릴 때부터 이런 말을 듣고 자라서 이제는 어느 정도 익숙해졌다.

"힘들어?"
"응, 당연히 힘들지. 안 힘들면 운동이 아니지."

이 말을 들으면 아이들이 세상 이치를 조금은 깨달은 듯하여 뿌듯한 생각이 든다.

어느 부모는 자식이 명문대를 못 가서 고민이라고 한다. 그 말을 들은 다른 부모는 명문대 못 간 게 무슨 고민이냐며 자식이 학교에서 중간만이라도 했으면 좋겠다고 한다. 그 말을 들은 다른 부모는 반에서 중간 못 하는 게 무슨 고민이냐며 자식이 학교만 갔으면 좋겠다고 한다. 다른 부모는 학교에 안 가는 게 무슨 고민이냐며 자식이 집에만 들어왔으면 좋겠다고 하고, 그 말을 들은 다른 부모는 자식이 집을 나간 뒤 크게 다쳤다며 집에 안 들어와도 괜찮으니 몸만 성하면 좋겠다고 한다. 그 말을 들은 다른 부모는 자식이 얼마 전 저세상으로 갔다며 눈물을 펑펑 쏟는다. 자식이 불구라도 좋으니 살아만 있으면 좋겠다고 한다. 그렇다면 자식이 명문대를 못 가고, 반에서 중간도 못 하고, 학교에 안 가는 게 과연 고민이 될 수 있을까? 법륜스님의 강의에 종종 소개되는 이야기다. 이처럼 사람은 내가 가지지 못한 것을 가지기 위해 끊임없이 욕심을 부린다. 세상에 나만 아프고 힘든 것 같지만 사실은 나보다 더 아프고 힘든 사람도 꿋꿋하게 잘 살고 있다. 지금보다 조금 더 나은 삶을 꿈꾸며 욕심을 부리지만 사실은 지금이 가장 행복한 순간이다. 작은 집이라도 쉴 수 있는 집이 있어 행복하고, 가족이 있어 행복하고, 밥을 떠먹을 수 있는 손이 있어서 행복하다고 생각한다면 더 큰 욕심을 바라는 것은 사치다. 주어진 삶에 만족하며 욕심을 줄이고 순간을 열심히 살면 된다. 무언가를 이루기 위해 열심히 하는 것도 좋지만 매사에 열심히 살면 결국 무언가가 이루어진다. 강한 자가 살아남는 게 아니라 살아남는 자가 강한 자라는 말과도 같다. 인과관계(因果關係 원인과 결과의 관계가 있는 일)의 앞뒤가 조금 바뀌었다 뿐이지 좋은 결과를 얻는 것은 매한가지다.

우리 삶에서 '힘듦'이 디폴트값(Default 기초 설정값)이고, 가끔 찾아오는 행복은 평소 힘듦에 대한 보상으로 주어지는 것으로 생각해야 한다. 가끔 보상처럼 주어지는 행복을 당연한 것으로 생각하고 살면 인생이 고달파진다. 지금 이루어지지 않는 것을 꿈꾸는 것은 욕심이고, 내가 당장 할 수 있는 것을 실천하는 것이 노력이다. 그렇다면 욕심을 부릴 것이 아니라 작은 실천부터 해 보는 것이 낫다. 멋진 몸을 만들고 싶다면 그만한 고통을 수반해야 할 것이고, 성공하고 싶다면 그만한 노력을 해야 한다. 힘들지 않으면 운동이 아니고, 힘들지 않으면 공부가 아니다. 큰 성공은 작은 성공 뒤에 따라오는 법이다. 무엇이든 반드시 힘들게 해야 한다. 편하게 하는 방법은 없다. 이 말을 기억하고 오늘부터 힘듦을 즐기며 곧 다가올 더 나은 미래를 꿈꾸며 살아가길 바란다. 힘들지 않으면 아무것도 안 된다.

05   우물 안 개구리

우물 안 개구리는 우물 밖을 모른다. 당연히 바다도 모르고 산다. 그저 우물 안에서 바라보는 둥근 하늘이 이 세상 전부인 줄 알고 산다. 마치 세상의 시작과 끝이 그 안에 있는 것처럼 착각하면서 살아간다.

선후배도 친구도 부부도 끼리끼리 만난다. 끼리끼리는 서로가 비슷한 수준이라 쉬이 알아채지 못한다. 둘 중 하나는 내 수준이 상대보다 조금 낮다고 생각하며 상대적 우월감을 가질 수도 있다. 그렇게 자신을 위로하고 살아가지만 모르는 사실 하나는 상대도 비슷하게 생각할 수 있다는 것이다. 비슷한 수준이라 서로가 그걸 모르고 자기 위안을 삼으며 살아간다. 그 무리에서 벗어나기 위해서는 성장해야 한다. 성장하기 위해서는 더 나은 새로운 사람을 만나든지 아니면 지금의 무리 속에 있으면서 동반 성장할 방법을 찾아야 한다.

　　우리는 살아가며 우물 안 개구리 같은 사람을 생각보다 많이 만난다. 지금 내가 우물 안 개구리라면 상대가 우물 안 개구리인지도 알 도리가 없다. 우물 밖으로 나가 봐야 비로소 내가 우물 안 개구리였다는 것을 깨닫고, 내가 만난 상대 역시도 우물 안 개구리였다는 것을 알게 된다. 우물 밖으로 나가 봐야 더 넓은 세상을 만날 수 있다. 하지만 우물 밖 세상 또한 지금까지 내가 살던 우물보다 조금 더 큰 우물일 뿐이지 여전히 우물 속 세상이다. 지금 내가 그렇고 내 주위 사람들 또한 마찬가지다. 내가 속한 우물에서 벗어나 더 큰 세상을 보기 위해서는 살아가며 끊임없이 노력할 필요가 있다. 내가 사는 우물에서 벗어나 조금 더 큰 우물로, 그리고 또 조금 더 큰 우물로 계속해서 벗어나도록 노력해야 한다. 끊임없이 알을 깨고 탈피하는 과정을 거쳐야 한다.

　　하루를 지낸 후 저녁에 맞이하는 시간을 하루에

대한 보상 심리로 포장하며 스스로와 타협해서는 안된다. 일은 누구나 한다. 일한다고 생색을 낼 필요는 없다. 학생은 공부하고, 주부는 집안일을 하고, 직장을 다닌다면 돈을 벌기 위해 일하는 것이 보편적이다. 내일을 또 열심히 살아가기 위한 원동력으로 삼기 위해 저녁 무렵 쉬는 시간에 휴식을 취하며 편안하게 잘 보내는 것이 한편으로는 힐링이 될 수도 있다. 물론 그런 시간이 필요하다. 그러나 짧은 시간이지만 일과 이외의 시간에 의미 있는 일을 매일 해 본다면 예상보다 빨리 지금 내가 사는 우물에서 벗어날 수 있다. 그것이 운동이 되었건 독서나 글쓰기, 또는 사교 모임이 되었건 일주일에 2~3회 이상을 자기 계발을 위해 실천해 본다면 지금 이 말이 무슨 의미인지 알 수 있을 것이다.

동물이든 식물이든 종족 번식은 본능적인 행위다. 나무도 열매가 잘 맺지 않으면 나무를 괴롭힌다. 대추나무에 열매가 많이 열리지 않으면 대추나무에 염소를 매어 놓는다. 나무에 고삐가 묶여 있는 염소는 끊임없이 움직이며 나무를 잡아당긴다. 그로 인해 생명의 위협을 느낀 대추나무는 종족 번식을 위해 그해 열매를 많이 맺는다. 감나무에 박피(剝皮 껍질이나 가죽을 벗김)를 하는 것도 같은 원리다. 감나무 껍질을 벗겨 내면 과일이 실하고 수확 시기도 빨라진다. 씨앗을 심어도 물을 많이 주면 썩지만 반대로 흙이 메말라 있으면 물을 찾기 위해 뿌리를 한없이 뻗는다. 식물의 생육 환경에서 보듯 물과 양분을 과하게 주고 안락하게 키우면 병충해에도 약하고 과일도 제대로 열리지 않는다. 사람도 마찬가지다. 내 인생의 좋은 열매를 맺기 위해서는 자신을 조금 괴롭히는 것이 낫다. 편안한 환경에서는 누구나 안주하기 쉽다. 위기의식을 느껴야 한다. 생존의 위협을 느끼라는 것이 아니라 내가 평생 이 우물에서 한 번도 벗어나지 못해 보고 살다가 죽을 수도 있다는 위기의식을 느껴야 한다는 것이다. 인류 역사를 되돌아보면 위기의식을 느끼지 못한 종족은 도태되어 사라졌으니 넓은 아량으로 후손들까지 생각한다면 생존의 위협을 느껴야 하는 것이 맞을 수도 있다.

주위의 선배나 스승이 나보다 더 많은 것을 알고

가끔 조언해 줄 수 있지만 그들 역시 그들이 사는 우물 안의 개구리다. 단지 그들은 처음에 살던 우물에서 벗어나 그전보다 조금 더 큰 우물에서 살고 있을 뿐이다. 지금 이 글을 쓰고 있는 나 역시 마찬가지다. 내가 사는 우물에서 보고 듣고 경험하고 느낀 것들로만 아등바등 사는 사람이다. 그들을 뛰어넘기 위해서는 끊임없이 공부해야 하고, 지금 속한 우물에서 벗어나기 위해 노력해야 한다. 내가 사는 우물에서 벗어나기 위해 피나는 노력을 해야 함에도 불구하고, 대다수 사람은 큰 노력을 기울이지 않고 살아간다. 왜냐하면 지금 사는 삶에 적당히 만족하기 때문일 수도 있지만 귀찮음이 한몫한다. 잘 살았든 못 살았든 오늘 하루를 어떻게든 살아 냈기에 오늘에 대한 보상 심리가 크게 작용한다. 그로 인해 그냥 지금 사는 우물 속에서 그대로 사는 삶을 선택한다. 마치 영화 매트릭스에서 빨간 약을 먹지 않은 대다수 사람처럼 사는 것을 스스로 선택한다.

머릿속에 있으면 생각이고, 입 밖으로 나오면 말이고, 손으로 쓰면 글이 된다. 말을 잘하더라도 글은 제대로 쓰기 힘들 수 있다. 그만큼 글을 쓴다는 것은 힘든 일이다. 하지만 말조차 제대로 하지 못하는 사람이 깊이 있는 생각을 하리라 믿는 것은 그야말로 어리석은 짓이다. 두서없이 말하고, 말의 한계를 여실히 보이는 사람은 그 깊이가 부족한 경우가 많다. 머릿속에 있는 것이 여과 없이 입 밖으로 나오기 때문이다. 내 주위에 있는 사람이 어떻게 말하는지 나는 지금 말을 어떻게 하고 글을 어떻게 쓰는지 한번 생각해 볼 필요가 있다. 만일 내가 한 달 전, 일 년 전과 비슷한 말과 행동을 하며 사는 것처럼 느껴진다면 주위 사람을 둘러보기 이전에 자신을 돌아보면 된다. 그동안 발전이 없었다는 것이다.

사람은 누구나 완벽하지 않고 조금 부족한 구석이 있다. 하지만 부족한 것을 당연하게 생각해서는 안 된다. 부족함을 채워 나가기 위해 자신을 꾸준히 채찍질해야 한다. 매일 조금씩 성장하지 않으면 지금 내가 사는 우물에서 벗어나기 힘들다. 매일 같은 생각을 하고, 만날 때마다 매번 같은 말을 하는 사람을 경계해야 한다. 그런 사람들과 늘 함께한다면 지금 내가 사는 우물에 평생 갇혀 살 확률이 높다. 평생 바다 한 번 보지도 못한 채 죽고 싶지 않다면 지금 당장 그 우물에서 뛰쳐나가야 한다. 우물 밖 세상이 궁금하지 않은가?

귀생(貴生): 자신의 생을 너무 귀하게 여기면 오히려 생이 위태롭게 될 수 있고,
섭생(攝生): 자신의 생을 적당히 불편하게 억누르면 생이 오히려 더 아름다워질 수 있다.

— 노자 —

06 꾸준히 한다는 것

　루틴을 만들어라.

　굵직한 루틴도 좋지만 사소한 루틴을 만들어서 계획대로 실천해 보도록 하자. 루틴대로 생활한다는 것이 지루한 일상의 연속이거나 틀에 박힌 삶이라고 생각할 수도 있다. 하지만 조금만 다르게 생각한다면 계획적인 삶을 규칙적으로 사는 것이라고 볼 수 있다. 똑같은 아침 이슬을 먹고도 뱀은 독을 만들고, 벌은 꿀을 만든다. 어떻게 바라보느냐에 따라 약이 되기도 하고 독이 되기도 한다. 세상 모든 것은 생각하기 나름이다. 하지만 사람이 늘 정해진 대로만 살려고 하면 삶의 여유가 없고 힘겹다. 루틴대로 실천해야 한다는 강박관념을 가질 필요는 없다. 가끔 루틴에 벗어난다고 해도 큰 문제가 없다. 사람이 매일 밥만 먹고 살면 질리게 마련이다. 가끔 빵도 먹고 아이스크림도 먹는 것처럼 때로는 숨통을 틔워 줘야 한다. 가끔 루틴에서 벗어나 자유로움을 느껴 보는 것도 좋다. 그때의 자유와 신선함을 만끽한 후 또다시 루틴으로 돌아오면 된다.

운동을 꾸준히 해라.

하루 한 시간 정도의 운동만 꾸준히 해도 별다른 약이 필요 없다. 사람은 어리석어서 아프고 난 후에야 병원을 찾는다. 어릴 적 백신을 맞는 것은 더 큰 병에 걸리지 않도록 전염병에 대한 인위적인 면역을 주기 위해 예방 조치를 하는 것이다. 어릴 적에는 부모님에 의해 의무적으로 백신을 맞았다. 그것이 내 자유의지가 아니다. 하지만 스무 살이 지나면 자기 스스로 백신을 맞아야 한다. 세상을 살아가며 나중에 더 큰 일을 당하지 않으려면 정신적, 육체적으로 백신을 미리 맞는 것이 중요하다. 정신적인 것은 사람이나 일에 대한 실수나 실패를 거듭하며 조금씩 면역력을 키워 나갈 수 있다. 하지만 육체적인 것은 평소 꾸준히 하는 운동만으로도 어느 정도는 예방할 수 있다. 아프고 나서야 병원에 가고, 건강이 안 좋아진 뒤 운동을 하라는 말을 듣고서야 운동을 시작하는 것은 하수다. 무리

하지 않는 선에서 평소에 꾸준히 운동하는 것은 평생 보약을 먹으며 사는 것과도 같다. 아프고 난 뒤 큰돈 들여서 병원을 가거나 보약을 먹을 바에야 평소 조금만 시간을 내어 운동하는 습관을 지니는 것이 현명하다. 돈도 건강할 때 있는 돈은 자산이지만 아플 때 있는 돈은 유산이다. 운동을 한다는 것을 단지 내 몸을 건강하게 지키는 것으로 생각할 수도 있으나 그것에서 그치지 않는다. 운동을 하면 뇌 활동이 활성화되어 머리로 하는 생산적인 일에도 많은 도움이 된다는 것은 여러 실험 결과를 통해 이미 증명된 사실이다. 그러니 몸과 정신을 동시에 잡을 수 있는 운동을 게을리하지 말고 평소 습관화하는 것이 좋다.

공부를 꾸준히 해라.
운동할 때 주의해야 할 것이 있다. 운동한다며 단백질을 먹는 것까지는 좋으나 뇌 속까지 단백질로 가득 차면 안 된다. 가끔 운동한다는 사람을 보면 뇌까지 단백질로 가득 찬 것 같은 언행을 하는 경우가 있다. 이는 괜히 운동하는 사람들에 대한 부정적인 인식을 심어 줄 수 있다. 그러니 운동할 때는 반드시 공부를 병행하는 것이 좋다. 바꾸어 말하자면 공부를 하며 운동을 병행해야 한다. 머릿속에 무언가를 넣는다는 것은 모두 공부에 해당한다. 그렇게 보자면 운동도 공부의 일종이다. 몸만 키우는 것이 아니라 운동에 관한 공부를 한다는 관점에서 바라보자면 운동도 하나의 공부다. 운동만 하지 말고 운동에 관한 이론적인 공부를 함께 하는 것이 좋다. 머릿속에 든 게 없으면 삶이 피폐해진다. 끊임없이 새로운 지식을 받아들이지 않으면 도태한다. 꾸준히 공부해서 지식을 쌓아야 한다. 사람을 만나도 매일 하는 이야기를 똑같이 반복하는 앵무새가 되어서는 안 된다. 하지만 머리에 든 게 없으면 그럴 수밖에 없다. 짧은 영상을 통해 단편적인 정보만 받아들이는 것은 지식도 아니고 공부도 아니다. 책으로 하는 공부가 진정한 공부다. 활자를 읽어야 뇌가 활성화된다. 많이 읽을수록 좋으나 최소 하루 3장의 책은 읽는 것을 목표로 정하고 실천해 보자. 최소한의 독서다. 하루 3장의 책도 읽지 않았다면 잠들지 말아야 한다. 하루 3장만 읽어도 평균 한 달에 한 권의 독서는 할 수 있다.

머리를 꾸준히 써라.

머리 좋은 사람이 운동도 잘한다. 아무 생각 없이 매번 같은 동작만 반복하는 운동은 딱히 머리를 쓸 필요가 없다. 하지만 상대가 있거나 작전을 짜야 한다면 계속해서 머리를 써야 한다. 축구나 야구를 할 때도 마찬가지고, 농구나 테니스를 할 때도 마찬가지다. 특히 순간적으로 피할 것인지 때릴 것인지를 판단해야 하는 격투기 선수는 순발력도 있어야 하지만 기본적으로 머리가 좋아야 한다. 좋은 머리를 바탕으로 순간 상황 판단을 잘해야 하니 짧은 시간 동안 끊임없이 생각한다. 머리 좋은 사람이 운동을 잘하지만, 운동을 하면 머리가 좋아진다. 운동, 독서, 음악, 미술, 글쓰기 등 머리를 쓰는 일을 꾸준히 할 필요가 있다. 지금 그다지 좋지 않은 머리라도 계속 사용하면 조금씩 좋아지는 것을 느끼게 될 것이다. 우리 뇌는 기본적으로 그렇게 설계되었다.

꾸준하다는 것은 한결같이 부지런하고 끈기가 있다는 것이다. 즉 꾸준함은 성실함의 척도다. 무엇이든 꾸준히 작은 것을 실천한다면 결국 큰 변화를 가져

올 수 있다. 꾸준함을 이기는 것은 없다. 본인에게 도움이 되는 일을 매일 꾸준히 하는 습관을 지니는 것이 좋다. 꾸준히 하면 무엇이든 이루어진다.

07 기록을 남겨라

독서를 하면 기억이 되지만 글을 쓰면 기록이 된다. 하루를 그냥 보내면 기억이 되지만 글로 남기면 기록이 된다. 스쳐 지나가는 모든 것들을 사진과 글로 남기면 차곡차곡 쌓여 나만의 기록이 되고 그 기록이 쌓여 비로소 역사가 된다.

고작 16년밖에 살지 못했던 독일 출신의 유대인 소녀 안네 프랑크가 2년 2개월 동안 나치를 피해 비밀 공간에 숨어 살면서 남긴 《안네의 일기》가 그것이다. 마찬가지로 전장에서의 기록을 꾸준히 남긴 충무공 이순신 장군의 《난중일기》가 그것이다. 7년 동안의 기록이 담긴 《난중일기》는 훗날 우리나라 국보 제76호로 지정되었다. 나만의 기억으로 남을 수 있었던 것을 글로 남긴 결과 모두의 역사가 되었다. 오늘 내가 남긴 기록이 모두의 역사가 될지는 모른다. 하지만 최소한 나의 역사, 그리고 가족의 역사로 남을 것은 자명(自明 설명하거나 증명하지 아니하여도 저절로 알 만큼 명백하다)한 사실이다. 큰 뜻은 다소 작은 실천에서부터 비롯되는 법이다. 작은 실천조차 하지 않는다면 결국 아무런 뜻도 이루어지지 않는다. 뜻을 품었다면 실천하면 될 일이다.

많은 사람이 여행을 하며 남는 건 사진밖에 없다고 말한다. 눈으로 찍어서 마음에 남기는 것도 좋다. 눈으로 음미한 후 생각하고 사색하는 시간을 즐기는 것은 여행에서 빼놓을 수 없는 재미다. 그때의 그 감동은 오래간다. 사람이 온종일 사진만 찍고 다닐 수 없으니 그 시간은 그대로 멍 때리며 즐기는 것이 좋다. 그럼에도 불구하고 좋은 시절의 기억을 훗날 구체적으로 떠올릴 수 있는 도구는 역시 사진과 글만 한 게 없다. 제아무리 기억력이 좋아도 인간의 기억력은 한계가 있다. 기억은 퇴색되기 마련이다. 그리고 기억은 혼자만의 것으로 남는다. 시간이 지나 옅어진 기억을 불러올 수 있는 가장 좋은 방법은 기록을 남기는 것이다. 기록은 희미해진 기억을 더욱 선명하게 만든다. 기록은 기억을 소환한다.

기록을 남긴다는 것은 무척 지난(至難 지극히 어렵다)한 일이다. 매일 일기를 쓴다는 것, 매일 녹음을 한다는 것, 매일 영상으로 무언가를 남긴다는 것은 참으로 지루한 자신과의 싸움이다. 스스로 하기 힘들다면 강제적으로 하는 것이 좋다. 할 수밖에 없는 상황으로 나를 몰아넣으면 된다. 스터디 그룹도 좋고 SNS에 공표(公表 여러 사람에게 널리 드러내어 알림)를 한 후 수시로 기록을 남기는 것도 좋은 방법이다. 금주와 금연을 할 때도 혼자서 몰래 하는 것보다는 주위에 공표한 후 실천하는 것이 성공할 확률이 높다. 성공적으로 해내지 못했다고 해서 좌절할 필요는 없다. 주위에 공표하는 것은 조금의 심리적 강제 역할을 하는 것일 뿐이다. 지키지 못했을 때 오는 부끄러움은 조용히 혼자서 감내(堪耐 어려움을 참고 버티어 이겨냄)하면 된다. 세상이 망하는 것도 아니니 크게 걱정하지 않아도 괜찮다. 실패하면 내일 다시 도전하면 된다. 조금의 부끄러움만 감당하면 된다. 금연이나 금주, 기록을 남기는 것을 포함한 어떤 새로운 다짐을 했다면 일단 시작해 보자. 사흘 성공하고 실패한 후 나흘 성공하고 또 실패하는 것을 계속 반복해도 괜찮다. 안 하는 것보다야 백번 나은 일이다.

금주든 금연이든 기록을 남기는 것이든 다짐하고 공표까지 했는데 실패하면 부끄러워 어쩌냐고 걱정할 필요 없다. 괜찮다. 본래 사람은 타인에게 그다지 관심이 없다. 나 자신에게 가장 관심을 갖는 것이 사람이란 존재다. 사람들은 남의 삶에 가타부타 말하기 좋아하지만 정작 말들만 많고 관심은 없다. 결국 남는 것은 타인의 시선이 아니라 나의 기록이자 역사이다. 목표를 향해 나아갈 때 타인이 나에게 가지는 1%의 관심만 생각하면 된다. 타인이 나의 다짐에 1% 정도는 관심이 있다고 생각하며 하고자 하는 것을 묵묵히 해 나가면 된다. 그럼 조금 덜 외롭게 해 나갈 수 있다. 그리고 그 관심에 대한 부담감이 내가 목표한 것을 이루고자 하는데 조금의 원동력이 될 수 있다. 실패해도 나의 역사 성공해도 나의 역사다.

돈, 시간, 사람, 제품 등 모든 것은 쓰고 난 후 시간이 지나면 닳아 없어진다. 디스토피아를 담아낸 소설이나 영화를 보면 그 옛날 남긴 누군가의 기록으로 인해 인류는 다시 번성하기 시작한다. 언젠가 현실이 될지도 모를 디스토피아까지 생각하기에는 너무 멀리 간 듯하다. 그저 하루하루 묵묵히 기록을 남기며 살아가면 된다. 지금까지처럼 남들이 남긴 기록만 보며 살 것이 아니라 이제부터는 나의 기록을 남겨 보자. 더 이상 지식 소비자가 아닌 지식 생산자로 살아갈 필요가 있다. 일기(日記)가 힘들다면 주기(週記), 주기가 힘들다면 월기(月記)로라도 남기면 된다. 스마트폰이나 종이에 남기는 짧은 메모가 그것을 더 쉽게 가능하게 해 준다. 기록은 기억을 지배한다.

종이는 인간보다 더 잘 참고 견딘다.

- 안네 프랑크 -

Chapter 3

인연에 대하여

01   인연 총량의 법칙

우리 인생은 만남과 헤어짐의 연속이다. 좋은 인연을 만나는 것은 삶에 있어 무척 중요한 일이다. 하지만 더욱 중요한 것은 안 좋은 인연을 정리하는 일이다. 내가 만나는 모든 사람이 내 인생에 도움이 되기를 바라는 것은 무리겠지만 최소한 내 인생에 해를 끼치는 인연은 정리하며 살 필요가 있다. 나도 지금까지 많은 인연을 만들고 헤어지며 살아왔다. 그러다 인연의 유효 기간에 대해 생각해 보았다.

인연이라 생각했는데 인연이 아닌 사람도 있고, 그와 반대로 인연이 아니라 생각했는데 인연이 되는 경우가 있다. 평생 함께 갈 인연이라 생각하여 마음을 모두 주었으나 사소한 서운함으로 인해 인연의 끈이 끊어지는 일도 있다. 피로 맺어진 가족도 평생 갈 것 같지만 어떠한 사건을 계기로 인연이 끊어지는 경우가 있다. 직계보다는 친척들과의 관계에서 그런 일이 발생하는 빈도가 높다. 친구나 지인과의 관계에서도 간이나 쓸개를 다 빼 줄 것처럼 행동하지만 사소한 감정 문제로 안 보고 사는 일이 비일비재하다. 그런 일들을 몇 번 겪고 나면 인연에 대해 한 번쯤 깊이 생각해 보게 된다. 과연 인연에도 유효 기간이 있을까? 인연을 만들고 유지하고 때때로 정리하다 보면 인연에도 유효 기간이 있지 않을까 하는 생각을 가끔 하게 된다.

사람들 사이에 맺어지는 관계를 일컬어 인연(因緣)이라 한다. 우리는 흔히 인연이라 말하고 좋은 인연만을 연관 지어 생각하지만 나쁜 인연도 인연이다. 그래서 인연을 맺음에 있어 신중해야 하고, 유지함에 있어서는 더욱 신중해야 한다. 꼭 나에게 도움이 되는 인연만 만들 수는 없지만 몇 번 만나서 도움이 되지 않는다고 판단되는 인연은 구태여 기를 쓰고 이어 갈 필요가 없다. 그것을 모르고 이미 만들었다면 그 후 관계를 현명하게 정리해야 한다. 그 여부는 인연을 맺어 봐야 알 수 있는 것이라 한편으로 번거롭고 어렵지만 번거로움을 감수하며 이미 인연을 만들었다면 나에게 어떠한 인연인지 잘 판단하여 본인이 선택해야한다. 사람은 최소한 사계절을 만나 봐야 알 수 있다. 세월이 흐르고 보니 나 같은 경우는 사계절을 두세 번은 겪은 후에야 상대를 조금은 알 수 있었다.

당연하겠지만 인연이 맺어진 사람도 서로에게 대하는 태도는 지극히 상대적이다. 내가 잘하니 그도 나에게 잘하는 것이고, 마찬가지로 그가 나에게 잘하니 나도 그에게 잘하는 것이다. 그런데 한 가지 중요한 사실이 있다. 나에게 잘하는 상대라고 해서 모두 좋은 인연일 리는 없다는 것이다. 이유 없이 호의를 베푸는 사람은 없다는 것을 반드시 기억해야 한다. 사람은 저마다 다양한 가면을 쓰고 살아간다. 나에게는 친절하기만 한 그가 어떤 양면성을 가지고 있을지 모르니 잘 관찰해야 한다. 상대의 사생활까지야 알 도리가 없다. 하지만 상대가 평소 어떤 생각을 하며 살아가고, 어떤 사람을 만나는지를 시간이 지나면 조금은 알 수 있다. 그렇게 상대의 성향을 알게 되면 그것이 추후 나와의 인연에 직간접적으로 어떤 영향을 미칠 수 있는지도 판단할 수 있다.

　사람은 보통 결이 맞는 사람들과 어울리게 된다. 그렇게 인연을 맺고 관계를 형성해 나간다. 현재 나와는 좋은 관계를 유지하고 있는 사람이지만 그가 만일 나에게 실망을 안긴 사람을 꾸준히 만난다면 그와의 인연에 대해 다시 생각해 볼 여지가 있다. 내가 싫어하는 상대와 굳이 만나는 것은 그의 자유라 뭐라 할 수 없다. 하지만 그런 상대에 대해 심사숙고하는 것 또한 내 자유이니 그와의 관계에 대해 충분히 고민해 볼 필요가 있다. 댐이 터지는 것도 티끌 같은 구멍에서부터 시작된다. 그것은 인연도 마찬가지다. 사소한 서운함으로 인해 관계 전체가 흔들릴 수 있다. 사소하다고 하지만 결코 사소할 수 없다. 서로의 사소한 서운함이 댐의 티끌 같은 구멍이 될 소지가 다분하다. 나중에 인연의 유효 기간이 다하고 나서야 비로소 사건의 발단이 사소한 서운함 때문이었구나 하는 것을 깨닫는다. 너무 복잡하다고 생각할 수 있다. 그러나 인연은 우리 삶에 결정적인 영향을 미친다. 그러니 조금 복잡하고 번거롭더라도 다양한 생각을 해 볼 필요가 있다.

잘못 맺은 인연으로 인해 몇 날 며칠 마음이 아팠던 경험이 다들 한 번씩은 있을 것이다. 내가 그때 이랬다면 어떻게 됐을까? 상황이 달라졌을까? 하는 생각은 하지 않는 것이 좋다. 버스 떠난 뒤 손 흔들어 봐야 뭐 하겠는가. 그저 인연의 유효 기간이 다한 것으로 생각하면 된다. 과거의 일을 반면교사(反面教師 사람이나 사물 따위의 부정적인 면에서 얻는 깨달음이나 가르침을 주는 대상을 이르는 말)로 삼아 앞으로 더 나은 인연을 만들어 가면 그만이다. 애초에 몰랐던 인연이다. 끝난 인연에 연연할 필요가 없다. 지금 나와 만나는 인연에 충실하면 그것으로 되었다. 과거의 누군가와 인연의 유효 기간이 끝난 후에는 새로운 유효 기간을 가진 인연이 또다시 찾아온다. 그렇게 돌고 도는 것이 우리 인생살이다.

살아가며 참 중요한 것이 마치 실타래처럼 얽히고설킨 우리네 인연이다. 인연이 중요한 것은 맞지만 한편으로 너무 인연에 얽매일 필요도 없다. 구질구질하게 인연을 구걸할 필요도 없고, 너무 매몰차게 끊어 낼 이유도 없다. 그저 물 흐르듯 순리대로 살면 된다. 내가 아무리 붙잡고 싶어도 인연의 유효 기간이 다하면 어차피 자연스레 떨어져 나간다. 안 보고 살고자 노력했으나 자의든 타의든 인연의 끈이 이어져 다시 만나는 일도 있다. 이는 그와 나 사이에 인연의 유효 기간이 아직 다하지 않은 것이다. '행복 총량의 법칙', '인생 총량의 법칙', '고통 총량의 법칙', '지랄 총량의 법칙'이 있는 것처럼 '인연 총량의 법칙'도 있지 않을까 생각해 본다. 그래서 늘 불가근불가원(不可近不可遠 가까이할 수도 멀리할 수도 없음)을 생각하며 중도(中道 양극단을 떠난 올바른 길)를 지키는 삶을 실천하는 일이 무척 중요하다. 너무 가까이 지낼 필요도 없고, 원수로 헤어질 필요도 없다. 사람은 환영회보다는 환송회를 잘해야 한다. 회자정리(會者定離 만난 자(者)는 반드시 헤어짐. 모든 것이 무상(無常)함을 나타내는 말), 거자필반(去者必返 간 사람은 반드시 돌아오기 마련임)을 늘 기억하자.

꼭 만나야 하는 인연도 없거니와 꼭 만나지 말아야 하는 인연도 없다. 어찌 보면 후자에 속하는 인연을 조금은 피할 수 있도록 노력하며 살아가는 것이 본인의 삶에 있어서는 조금 더 나은 방법일지도 모른다. 그 또한 만나서 인연을 맺지 않으면 모를 일이기에 시행착오를 줄이기 위해서는 평소 사람에 대해 꾸준히 공부하고 생각하는 노력이 필요하다. 안 좋은 인연은 멀리하고 좋은 인연은 가까이 당기며 지혜롭게 살아가는 현명함이 필요하다. 나는 지금도 인연을 필터링하는 중이다.

02   가족의 소중함

내가 태어나 지금까지 살아올 수 있었던 가장 큰 원동력이 무엇인지 떠올려 보자. 가족이라는 울타리 안에서 울고 웃고 성내는 등 많은 일들을 겪으며 지금까지 살아왔다. 스무 살이 되면 본인의 삶을 주도적으로 계획하고 살아가며 시간 관리를 스스로 해야 하지만 가족과 함께하는 시간도 소홀히 해서는 안 된다. 타인과 가족의 가장 큰 차이는 삶을 공유한다는 것이다. 일상의 이야기를 나누고 앞으로의 계획을 공유하며 속 깊은 대화를 나눌 수 있는 것이 가족이다. 세상 누구보다 더 내 편인 사람이 바로 가족이다.

사람이 가장 많이 범하는 실수 중 하나가 익숙한 것과 소중한 것을 별개로 생각하는 것이다. 소중한 것들은 대부분 자주 접하고, 자주 접하면 자연스레 익숙해진다. 익숙해지기 시작하면 당연한 것으로 받아들이고, 그때부터 소중한 마음이 조금씩 사라져 간다. 소중한 것들이 익숙해질 무렵, 그때 서서히 소중함을 잊어버리기 시작하는 것이다. 그리고 그 익숙한 것이 어느 순간 완전히 사라지면 어리석게도 그때야 비로소 소중한 마음을 상기하며 후회한다. 뒤늦은 후회다. 바로 사랑하는 사람이 익숙한 것이고, 내 가족이 그중에서도 가장 익숙한 존재다. 나에게 가장 소중한 사람은 바로 가족이라는 사실을 늘 기억해야 한다. 가족은 평생 곁에서 함께할 것 같은 익숙한 존재다. 너무나 익숙해서 평소에는 소중한 마음을 잊고 산다. 평생 늘 그 자리에 그대로 있을 것만 같은 것이 가족이다. 하지만 스무 살이 된 후부터 가족과 함께할 수 있는 시간은 그다지 길지 않다. 부모님은 늘 그 자리에서 나를 기다려 줄 것만 같지만 언젠가는 나보다 먼저 세상을 떠난다. 그것이 세상의 이치다.

스무 살 무렵부터 대학 생활을 시작하든 사회생활을 시작하든 집에 있는 시간보다는 집을 나가 있는 시간이 더 많다. 하루 중 온전히 가족과 함께 보내는 시간을 평균 1시간만 잡아도 한 달에 30시간, 1년에 365시간이다. 날짜로 따지면 보름이다. 내 나이 스무 살부터 부모님이 30년을 더 산다고 해도 1년 하고도 3개월 정도의 시간을 함께 보낼 수 있다. 이마저도 많이 잡은 것이라 30년 동안 함께할 수 있는 시간은 고작 몇 달 정도밖에 되지 않는다.

가족은 중요한 것을 넘어 내 모든 것이라고 할 수 있다. 가족만큼 나를 미치게 하는 존재도 없지만, 가족만큼 나에게 안식이 되고 나를 더 행복하게 만드는 사람도 없다. 세상 사람이 모두 나에게 등을 돌려도 늘 내 곁에 있어 주는 사람이 바로 가족이다. 학창 시절을 포함해 사회생활을 하며 왜 타인에게 때로는 잘하기도 하고, 때로는 져 주기도 하는지 생각해 볼 필요가 있다. 타인은 언제든 나를 떠날 수 있다. 평생 함께할 것만 같았던 애인도 친구도 사소한 감정싸움 때문에 헤어지는 경우가 더러 있다. 언제든 헤어질 수 있다는 불안감과 불확실성이 있으니 내 자존심을 조금 접더라도 미안하다고 말하며 숙이고 들어간다. 인연의 끈을 유지하기 위해서다. 하지만 가족은 죽음이

갈라놓기 전에는 어지간해서는 헤어지지 않는다. 천륜(天倫 부모와 자식 간에 하늘의 인연으로 정하여져 있는 사회적 관계나 혈연적 관계)이란 그런 것이다.

타인에게 하는 십 분의 일만 가족에게 잘해도 가족끼리 상처를 주는 일은 없다. 상처는 늘 가까운 사람에게 받는다. 늘 가장 가까운 사람에게 함부로 대하기 때문이다. 부모도 자식도 서로가 편하다고 하여 함부로 대해선 안 된다. 특히 스무 살이 넘으면 부모도 자식을 성인(成人 자라서 어른이 된 사람. 보통 만 19세 이상의 남녀)으로 대접해 줘야 한다. 더불어 스무 살이 넘은 자식도 성인 대접을 받기 위해서는 성인처럼 행동해야 한다. 하지만 자식은 성인 대접받기를 원하면서 어린아이처럼 행동하고, 부모도 스무 살이 된 자식을 어린아이처럼 대한다. 자식이 성인 대접받기를 원하고 부모도 내 자식이 성인이 되길 바란다면 서로가 성인 대 성인으로 대할 필요가 있다. 한집에 살아도 더 이상 어린아이처럼 부모가 모든 것을 다 해주어서는 안 되고, 자식 또한 그렇게 바라면 안 된다. 최소한 가족의 구성원으로 내 할 일은 스스로 해야 한다. 방 청소 같은 집안일 정도는 스스로 하며 더 이상 어린아이가 아닌 성인으로서 한몫해야 한다. 스무 살부터 본인이 시작하고 부모도 그렇게 시킬 필요가 있다. 그런 사소한 것으로부터 자식은 성인이 되어 독립할 준비를 시작해야 한다. 스무 살이 되어서도 어린아이처럼 행동하며 성인 대접을 받기를 원하는 일은 있을 수 없다. 어린아이처럼 행동할 것이라면 최소한 성인 대접을 바라면 안 된다.

성인이 되면 본인의 일정은 본인이 알아서 관리해야 한다. 내가 나가고 싶을 때 나가고, 들어오고 싶을 때 들어올 수 있다. 하지만 한집에 살며 부모님의 울타리에 있을 때는 행선지(行先地 떠나가는 목적지)를 밝히고 너무 늦지 않게 귀가해야 한다. 집은 고시원이 아니다. 들고 나는 것을 내 마음대로 하며 집을 자취방처럼 생각한다면 차라리 독립해 나가서 자취방에서 사는 것이 낫다. 가족과 함께 산다면 서로의 일과를 공유할 필요가 있다. 또한 하루 중 가족과 함께하는 소중한 시간을 반드시 가져야 한다.

가장 어리석은 사람은 사랑하는 사람이 죽은 다음에 대성통곡을 하는 사람이다. 효자는 부모님이 돌아가시고 나서 많이 슬퍼하지 않는다. 아쉬운 마음을 뒤로하고 좋은 곳으로 가시길 기도한다. 해도 해도 모자란 것이 효도지만 그래도 살아생전 효도를 열심히 했기 때문에 아쉬움이 덜하다. 부모님이 돌아가시고 난 후 대성통곡을 하며 우는 것은 대부분 불효자다. 함께하지 못한 시간을 애석해하고 더 잘해 주지 못했음을 후회한다. 시간이 영원할 것 같지만 사실 우리에게 시간은 그렇게 많이 주어지지 않았다. 특히 부모님과 함께하는 시간은 무척이나 짧다. 가족과 함께하는 시간을 소중하게 생각하고 매시간을 고마운 마음으로 대해야 한다.

행복은 멀리 있는 것이 아니다. 하루에 10분만 가족들과의 대화에 투자해 보자. 삶이 조금 더 안정적이고 풍요로워질 것이니 이것을 기억하고 실천해 보도록 하자. 살아가며 세상에 나 혼자라는 생각이 들 때 비로소 가족의 소중함을 느낄 것이다.

03 친구라고 말할 수 있는 건

　동기생과 친구는 구분할 필요가 있다. 학창 시절 함께 학교에 다닌 사이는 동기생(同期生 같은 시기에 같은 곳에서 교육이나 강습을 함께 받은 사람)이고, 그중 마음을 터놓고 절친하게 지낸 사이가 친구(親舊 가깝게 오래 사귄 사람)다. 가까이 두고 오래 사귄 벗을 친구라고 한다. 나이만 같다고 친구라고 하기에는 세상 모든 동갑내기를 친구로 삼아야 하니 무리가 있다. 그 시절 잠깐 어울렸더라도 고등학교 졸업 후 오랜 세월 동안 죽었는지 살았는지 연락 한 번 없이 지낸 사이에 친구 운운하기는 어색하다. 학교를 같이 다녔다고 해서 다 친구가 아니다. 그저 학교 동기로 해두는 것이 좋다. 친구와 동기생은 그렇게 구분해도 괜찮다.

고등학교를 졸업하고 이십 년이 훌쩍 지난 어느 날. 고등학교 동기생 중 한 명이 졸업 동기들의 근황을 하나둘씩 모아 동창회 모임을 만들었다. 그곳에서 동기들의 연락처를 알게 된 나는 만나고 싶었던 몇몇 친구들과 모임을 따로 가졌다. 전체 공지를 올리지 않고 소수의 인원만 따로 모인 것을 알고, 처음 모임을 만들었던 친구가 많이 서운해했다. 그런데 시간이 지나고, 그 친구도 여러 사건을 겪은 뒤 친구와 동기생은 구분해야 한다는 내 말이 이해된다며 동의했다. 그 후 지금은 나의 가장 큰 우군이 되었다.

나에게는 동갑이지만 서로 존칭을 쓰며 지내는 두 사람이 있다. 한 명은 내가 경기도 광명으로 처음 이사 갔을 때 만난 지인인데, 지금까지 십 년 넘게 서로 존칭을 쓰고 있다. 다른 한 명은 내가 다니는 복싱장 관장님인데, 처음에 몇 번 말을 놓자고 해서 정중히 거절했더니 다음부터 자연스레 서로가 존칭을 쓰며 지금까지도 잘 지내고 있다.

존칭을 쓰면 서로 존중하게 되고, 존중하니 어렵

게 대하고, 어려우니 조심하게 되고, 조심하니 실수할 일이 줄어든다. 실수할 일이 줄어들면 서운할 일도 줄어드니 관계가 오래간다. 동갑내기끼리 가장 많이 싸우고 서로 실수하는 일이 많다. 위아래로 나이 차이가 나면 오히려 실수를 덜 한다. 동갑내기가 서로 실수를 많이 하는 이유는 상대와 나의 경험치가 같거나 비슷하다고 착각하는 데서 비롯된다. 그러니 상대를 존중하기보다는 얕잡아 본다. 상대를 좋아하는 것과 수준을 비슷하게 보고 얕잡아 보는 것은 별개의 문제다. 같은 세월을 살아왔어도 그 경험치와 사고의 수준은 천차만별이다. 특히 나이가 들어갈수록 그 격차는 더 심해진다. 나보다 나이가 조금이라도 많다면 인생 선배라는 생각으로 존중 겸해서 어느 정도 인정하고 들어가겠고, 조금 어리다면 그쪽에서 나에게 그렇게 대할 테니 조금 대접받고 들어갈 수 있다. 하지만 동갑은 그것이 참 힘들고도 어렵다. 비슷한 세월을 살아왔으니 수준도 비슷할 거라는 생각으로 함부로 대하는 경우가 많아서 그렇다. 나이가 들고, 학창 시절 동기가 아닌 사회에서 만난 사이일수록 정도는 조금 덜하겠지만 어릴 때 만난 사이일수록 그 정도는 더 심하다. 중학교나 고등학교 시절이 제일 심한 시기다.

학교를 졸업하고 시간이 한참 흐른 후 서로 사회생활을 하다가 다시 만난 친구에게 반갑다고 쌍욕을 한다면 누구도 기분 좋게 받아들이기 힘들다. 졸업 후 시간이 흘러 이제는 사회의 일원이고, 한 가정의 가장이고, 누군가의 부모가 되었다. 졸업 후 서로 연락도 없었고, 어떻게 살았는지도 모르는데 학창 시절 동기였다는 이유만으로 함부로 대한다면 상대의 인성을 의심해 볼 여지가 충분하다. 친근하게 대하는 것과 함부로 대하는 것은 엄연히 다른 문제다. 친밀한 사이라고 해서 함부로 대해도 괜찮다고 착각하면 안 된다. 사람은 사소한 것으로 감정 상하고, 감정이 상하면 자연스레 멀어지고 안 보게 된다. 한번 멀어진 마음은 다시 가까이하려 노력해도 이전처럼 가까워지기가 무척 힘들다. 학창 시절에야 안 보고 살려고 해도 매일 학교에서 볼 수밖에 없었지만 졸업하고 사회에 나온 후에는 생활 반경이 다르니 얼마든지 안 보고 살 수 있다. 굳이 편하지 않은 인연을 계속해서 이어 나갈 필요가 없다. 특히 학교 폭력 가해자와 피해자 사이는 악연에 가까운 사이라 친구라는 말을 입에 올리는 것이 누군가에게는 무척 부담스러울 수 있다. 사회에서 만나 서로를 존중하며 나이를 초월한 우정을 쌓을 수 있는 좋은 친구들이 부지기수다. 굳이 학창 시절 잠시 어울렸다는 이유로 평생 인연을 이어 나갈 필요는 없다. 서로 간에 존중이 바탕이 되지 않는 친구 사이는 과감하게 정리하는 것이 현명한 처사다.

나이가 들어 갈수록 종교도 정치도 가치관이 비슷한 성향의 사람을 만나게 된다. 그렇게 인간관계가 서서히 좁아진다. 나이가 들수록 카 푸어, 영끌족, 문신충은 피해라. 만나서 도움은 안 될지언정 만나서 서로를 힘들게 하는 친구는 안 만나는 것이 좋다. 친구가 좋은 일이 있을 때 축하해 주며 내가 밥을 한 번 살 수 있는 사이가 되어야지 그걸 빌미로 밥 한 끼 얻어먹으려 해서는 안 된다. 하지만 친구의 좋은 일에 내가 먼저 밥을 사겠다고 하면 분명 좋은 일이 생긴 그 친구가 십중팔구 먼저 밥을 산다. 염치없는 사람 곁에는 파렴치한 사람이 모이고, 센스 있는 사람 곁에는 또 그런 사람이 모인다. 사람은 그렇게 끼리끼리 모이고, 사람은 그렇게 닮아 간다.

우리가 세상을 살아가며 어떤 일을 하는 것이 힘든지, 안 하는 것이 힘든지를 생각해 볼 필요가 있다. 보통의 경우는 무엇을 하는 것보다는 하지 않는 것이 쉽다. 아무것도 하지 않으면 되니 힘들 이유가 없다. 하는 것은 인위적인 일이지만 하지 않는 것은 자연스러운 일이다. 기를 쓰고 무언가를 하려고 할 때 일이 생긴다. 좋은 일을 기를 쓰고 한다면 좋은 일이 생기겠지만 도움이 안 되는 일을 기를 쓰고 하면 결국 탈이 생기는 경우가 많다. 인연을 애써 만들려고 하지 말고, 친구를 애써 구하려고도 하지 마라. 꽃은 가만히 있어도 사람들이 지나가며 사진을 찍고, 예쁘다고 말한다. 마찬가지로 내가 좋은 향기가 나는 꽃이 되면 좋은 사람들이 나에게 먼저 친구 하자고 다가온다. 좋은 친구는 내가 애쓰지 않아도 주위에 머무는 법이다.

친구라고 말할 수 있는 건 생각만 해도 느낌이 편하고, 항상 내가 널 믿을 수 있고, 조그만 오해도 필요치 않고, 바로 나 자신을 돌이켜 보는 것이라는 신성

우 가수의 '친구라 말할 수 있는 건'이라는 노래를 떠올려 보자. 나이 들어 좋은 친구 하나쯤 곁에 있다면 성공한 인생이다. 많은 친구보다는 적어도 괜찮으니 진정한 친구를 만들도록 노력할 필요가 있다. 그러기 위해서는 좋은 친구를 만나려 노력하지 말고 내가 먼저 좋은 친구가 되어 주는 것이 우선이다.

04   인생을 바꾸는 독서 모임

나는 2019년 9월부터 지금까지 '사색의향기 독서 포럼 광명하늘소풍'이라는 독서 모임을 운영하고 있다. 카카오톡 단톡방에는 100여 명의 회원이 있고 경기도 광명에서 매달 셋째 주 토요일 오전 9시에 시작한다. 독서 모임에 꾸준히 참석하는 인원은 평균 15명 내외다. 건축사, 건물주, 공인중개사, 사업가, 세무사, 연구원, 학생 등 10대부터 70대까지 다양한 직종의 다양한 연령층이 참석한다. 그중 평생을 건축사로 생활하다 은퇴하신 한 분은 매번 독서 모임을 나오실 때마다 다음과 같은 이야기를 한다.

"매달 드리는 말씀이지만 '광명하늘소풍' 독서 모임에 나오고 나서부터 제 인생이 얼마나 달라졌는지 모릅니다. 독서 모임이 아니라면 제가 어떻게 독서법,

물리학, 뇌과학, 한국사, 서양 철학 등 다양한 학문에 관해 공부를 할 수 있었을까요? 혼자라면 불가능했을 일이지요. 모두 '광명하늘소풍'이라는 독서 모임이 있어서 가능했고, 또 여러분과 함께라서 가능했던 것 같습니다. 저는 매달 이렇게 다양한 분야에 관한 공부를 하며 무척이나 큰 삶의 즐거움을 얻는 동시에 매일 성장하는 것을 느낍니다. 그런 의미에서 제 인생에서 '광명하늘소풍'을 만난 것은 운명이고 저는 이것을 무척이나 감사하게 생각합니다."

매번 이 이야기를 들을 때마다 독서 모임을 운영하기 참 잘했다는 생각이 들며 큰 보람을 느낀다. 우리가 살아가며 혼자서 할 수 있는 일이 있고, 혼자서 하기에는 원동력이 떨어지고 힘에 부쳐 포기하는 경우가 있다. 그럴 때 나와 뜻이 맞는 좋은 인연들과 함께 무언가를 시작해 본다면 혼자서 하는 것보다 몇 배는 쉽게 결과물을 얻을 수 있다. 그중 내가 추천하는 가장 좋은 것은 독서 모임이다. 주위에 독서 모임이 있다면 용기를 내어서 한번 참석해 보길 바란다. 처음 참석하기는 힘들지만 한두 번만 참석해 본다면 이

내 익숙해질 것이다. 만일 근처에 독서 모임이 없거나 내가 나간 모임의 성격이 나와 맞지 않는다면 본인이 독서 모임을 한번 만들어 보는 것을 추천한다. 나만의 색깔로 모임을 만들고 나와 뜻이 맞는 사람들과 함께 하는 모임을 통해 본인과 주위의 동반 성장을 경험해 보길 바란다. 독서 모임을 만드는 데 궁금한 점이 있다면 언제든 나에게 연락해도 좋다.

사람은 책을 만들고 책은 사람을 만든다고 했다. 평소 책을 읽지 않으면 사람은 성장하기 힘들다. 만일 성장한다고 해도 무척 더디게 성장할 가능성이 크다.

우리는 살아가며 계속해서 변화와 성장의 과정을 거친다. 변화와 성장은 경험과 배움을 통해 일어난다. 경험을 통한 배움은 책을 통해 얻는 것과는 다른 종류의 배움이다. 몸소 경험하기 위해서는 책을 읽는 것보다 훨씬 많은 시간과 노력을 들여야 하며 또한 시행착오를 겪을 확률도 높다. 하지만 책을 통해서 배울 수 없는 값진 깨달음을 현실에서 얻을 수 있다는 측면에서는 상당히 중요하고도 값진 일이다. 따라서 경험을 통해 깨달음을 얻는 것은 책을 통해 얻는 배움과는 다른 측면에서 바라봐야 하며 이 또한 매우 중요한 일이라는 것을 명심해야 한다. 반면에 책을 통해 얻는 깨달음은 상대적으로 쉬운 편에 속한다. 가만히 앉아서 책장만 넘기면 배우고 깨달을 수 있고, 저자의 경험도 간접 체험할 수 있으니 이 얼마나 합리적이고 편하고 좋은 일인가? 이 좋은 것을 하지 않을 이유가 없다. 이것을 하지 않는다는 것은 게으르다는 말로밖에 해석할 수 없다. 현자(賢者 현명한 사람)는 선자(先者 먼저 산 사람)의 경험을 책으로 배우는 법이다. 현자로 살아가기 위해 노력할 필요가 있다.

사람을 성장시키는 가장 큰 요소 중 하나가 바로 독서다. 독서의 중요성은 누차 말해도 모자람이 없다. 책을 즐겨 읽는 사람과는 되도록 가깝게 지내는 것이 좋다. 하나라도 배울 것이 있다. 책조차 읽지 않으며 매일 했던 말을 반복하고 매일 똑같은 사람을 만나는 사람은 발전하기 힘들다. 한 권의 책을 통해 인생이 바뀐 이야기를 간혹 들어 보았을 것이다. 주위에서 그런 사람을 만나고, 내가 그런 사람이 될 수 있도록 노력할 필요가 있다. 그렇게 내 삶의 패턴이 선순환의 굴레 위에서 돌아가도록 만들어 가야 한다.

　하루에 책 몇 장 읽을 정성과 노력도 없이 매일 살아간다는 것은 어쩌면 내 삶에 대한 큰 결례가 아닌지 한 번쯤 생각해 볼 필요가 있다. 책을 읽기 위해서는 우선 시간을 내야 하고 시간을 냈으면 집중해야 한다. 집중하고 독서를 하는 그 시간에 사람은 성장한다. 읽고 곱씹고 사색하는 삶을 통해 스스로 발전되어 가는 것을 느껴 볼 필요가 있다. 지금까지 느끼지 못했던 삶의 큰 즐거움을 얻을 수 있을 것이다. 의심하지 말고, 큰 욕심도 내지 말고, 최소 하루 3장 이상 딱 일주일만 실천해 보는 것을 추천한다. 큰일을 가끔 하는 것보다 사소한 일을 매일 하는 것이 특별함에 다가갈 수 있는 더욱 좋은 방법이 될 수 있다. 일주일을 실천한 후에는 한 달, 그다음에는 총 100일을 목표로 하면 된다. 즉, 석 달 열흘만 꾸준히 실천해 보면 그것이 내 생활의 일부로 자리를 잡아 평생의 좋은 습관으로 남을 것이다.

MS사의 빌 게이츠에게 만일 당신이 초능력을 얻을 수 있다면 어떤 능력을 얻고 싶은지 물어보니 빌 게이츠는 망설임 없이 'Read books super fast(책을 아주 빨리 읽는 것)'이라고 답했다. 세계 최고의 갑부인 그조차도 이런 생각을 하며 살아간다. 그런데, 과연 나는 지금 어떤 삶을 살고 있는지 돌이켜 생각해 볼 필요가 있다.

익힐 습(習) 자에 익숙할 관(慣) 자를 써서 습관(習慣)이라고 한다. 어떤 행위를 오랫동안 되풀이하는 과정에서 저절로 익혀진 행동 방식이라는 의미다. 세 살 버릇 여든까지 간다는 것처럼 세상에서 가장 중요하고 또 가장 무서운 것이 바로 습관이다. 책을 읽는다는 것은 습관 중 가장 중요한 습관이라고 할 수 있다. 사람은 혼자서 무언가를 이루려고 하면 힘들어한다. 그럴 때는 함께해 나갈 동료가 있으면 훨씬 수월하게 그것을 이룰 수 있다. 독서를 조금 수월하게 하기 위해서는 나와 같은 습관을 지닌 사람을 만나고 그들과 토론해야 한다. 그때 서로의 배경지식을 토대로 한 대화를 통해 동반 성장한다. 혼자서 하면 힘들지만 함께하면 가능한 것, 바로 그것이 독서 모임의 가장 큰 힘이다. 인생을 바꾸는 독서 모임을 통해 지금부터 내 인생이 어떻게 바뀌는지 스스로 관찰하며 느리지만 조금씩 성장해 나가는 자신을 만나 보자. 대학을 다니며 4년 동안 전공 분야를 공부한 사람과 그 분야 책 100권을 읽으며 공부한 사람의 차이를 생각해 볼 필요가 있다. 명문대를 졸업하는 것보다는 평소 책을 읽는 습관이 더 중요하다. 지금 당장 지식의 바다로 뛰어들어 그들과 함께 헤엄쳐 보는 건 어떨까.

05 술을 권하는 친구보다
책을 권하는 친구를 만나라

한 사람의 좋은 인연으로 인해 내 인생이 바뀔 수 있다. 초록은 동색이요, 까마귀 노는 곳에 백로야 가지 말라 했다. 끼리끼리 어울린다는 말로서 내가 술을 좋아하면 술꾼들이 모인다. 내가 운동을 좋아하면 운동을 좋아하는 이들이 모이고, 마찬가지로 내가 책을 좋아하면 책을 좋아하는 이들이 모인다. 만일 내가 책을 좋아하지 않는데도 책을 좋아하는 이가 나에게 책을 권한다면 이는 필시 인생의 좋은 선물이 될 수 있는 인연이니 그를 잘 사귀어 두는 것이 좋다. 한 사람의 친구로 인해 인생이 달라질 수 있다. 꿈이 크고 목표가 높은 미래 지향적인 친구를 만나야 한다. 술을 권하는 친구보다는 책을 권하는 친구를 가까이 둘 필요가 있다. 그리고 하루하루 변하는 나의 인생을 느껴야 한다. 책을 권하는 친구가 내 인생에 걸림돌이 될 확률은 드물다. 오히려 인생의 스승이 될 가능성이 크다.

학창 시절에 친하게 지냈던 두 친구가 있었다. 그
둘은 자주 어울렸고 생각하는 것도 생활하는 것도 비
슷했다. 대학을 졸업하고 나서도 두 친구는 계속 교류
하며 같은 곳에서 살았다. 그중 한 친구가 전공을 포기
하고 공무원이 되기 위해 공부를 시작했다. 다른 한 친
구에게 함께 공부하자고 권유했으나 그는 그것을 거
절했다. 결국 열심히 공부한 친구는 공무원으로 합격
한 후 가정을 꾸리고, 지금까지 안정적인 생활을 이어
나가고 있다. 그 이후로도 둘은 몇 번 만났다. 하지만
만날 때마다 다른 한 친구의 조롱과 자격지심이 섞인
말투와 행동으로 인해 목표를 이룬 친구는 마음의 상
처를 받았고, 그 후로 둘은 자연스레 멀어지게 되었다.

결과가 어찌 되었건 함께 공부하며 시험을 준비
했다면 어땠을까. 둘이 함께 같은 곳을 바라보고 목표
에 매진(邁進 어떤 일을 전심전력을 다하여 해 나감)
했다면 어땠을까. 결과가 어찌 되었건 합격한 친구를
축하해 주고 합격하지 못한 친구를 격려해 주었다면

어땠을까. 설령 합격하지 못한 친구가 다른 길로 가더라도 너그러운 마음으로 다른 한 친구의 삶을 응원해 주었다면 어땠을까. 만약 둘 다 시험에 합격했더라면 또 어땠을까?

함께 공부하며 서로에게 도움이 되는 힘든 시간을 보낼 수 있었으니 그 동질감으로 인해 우정이 더욱 돈독해졌을 것이고, 더 좋은 관계로 이어지지 않았을까. 아마도 평생의 벗으로 남을 수도 있었을 거라는 생각이 든다.

매번 만나서 음주 가무를 즐기며 함께 시간을 보내자는 친구는 될 수 있으면 피하는 편이 낫다. 내 인생에 일절(一切 전혀) 도움이 되지 않는다. 더불어 사람을 만날 때에는 서로가 의미 있는 이야기를 나누기 위해 술을 한잔 곁들이는 것으로 술의 역할은 다해야 할 것이다. 술이 목적이 되어서는 안 된다. 술을 마시고 취하기 위해 사람을 만나는 것만큼 어리석은 일은 없다. 술자리를 가짐에 있어서는 만나는 사람과 무언가 하나는 주고 하나는 받으려는 마음으로 준비를 해 나가는 것이 서로에게 좋다. 그것이 상대방에 대한 최소한의 예의다. 상대가 뭔가를 주지 않아도 내 수준이 어느 정도 된다면 한 가지는 얻을 수 있을 것이다. 만날 때마다 새롭고, 뭔가를 배우고, 지적 유희(Intellectual play)를 즐기기 위한 준비를 하고 상대를 만나는 것이 좋다. 그렇다면 상대도 나도 서로의 시간이 즐거움으로 가득할 것이다. 부디 사람을 만날 때에는 이러한 마음가짐을 늘 가슴에 새기고 만나는 것이 좋다.

유익한 사람들과 관계를 맺는 것은 이기적인 것이 아니라 무척 바람직한 행동이다. 그것에 대해 손가락질하는 사람들은 무시해도 좋다. 도움이 되지 않는 인연들과 친하게 지내는 것은 어렵지 않다. 하지만 선하고 올바른 가치관을 지닌 사람들과 친하게 지내는 것은 늘 어려운 법이다. 그들과 가까이 지내기 위해서는 내가 먼저 그런 사람이 되어야 한다. 그리고 그들과 꾸준히 교류하고, 건설적(建設的 어떤 일을 좋은 방향으로 이끌어 가려는 것)인 시간을 만들어 나가기 위해 평소 자신을 갈고닦는 노력을 게을리하지 말아야 한다.

부디 술을 권하는 친구보다 책을 권하는 친구를 만나라. 좋은 인연으로 인해 내 인생이 바뀔 수 있다. 내 발목을 잡는 사람보다는 훗날 내가 될 수 있는 최고의 모습을 꿈꾸고 기대하고 응원하는 사람을 만나도록 노력할 필요가 있다. 내 주위를 그런 사람들로 채워야 한다. 그러기 위해서는 먼저 나 스스로가 그런 사람이 되어야 한다.

06

다단계의 유혹

오랜 시간 연락이 없던 사람이 뜬금없이 연락이 온다면 일단 의심부터 해 보는 게 낫다. 물론 갑자기 생각이 나서 연락했을 수 있지만 90%의 확률로 다단계나 보험 아니면 돈을 빌려달라는 연락이다. 아니면 어딘가에 가입하라는 제안을 하는데, 이 또한 나를 위해서가 아닌 본인을 위한 것이다. 나를 그렇게 끔찍이 생각하고 위하는 좋은 인연이라면 평소 꾸준히 연락하며 지내는 것이 상식이다.

몇 년 동안 연락이 없던 지인이 어느 날 갑자기 연락이 왔다. 처음에는 안부를 물으며 소소한 이야기를 하더니 조금씩 다른 이야기를 하기 시작한다. 그동안 많이 힘들었는데 어떤 일을 해서 큰돈을 벌었다고 한다. 다단계는 절대 아니고 네트워크 마케팅이라고 한다. 네트워크 마케팅은 다단계와는 다른 것이고 세상에 네트워크 마케팅이 아닌 것은 없다고 한다. 큰돈을 투자하지 않아도 되고 만일 투자하기 싫으면 본인 밑으로 가입만 해 달라고 한다. 그렇게 시작된다. 다단계의 수렁으로 빠져드는 첫걸음이다.

학창 시절 친하게 지내던 한 사람이 어느 날 식사를 한번 하자며 연락이 왔다. 나를 지방으로 초대했다. 여행도 하고, 오랜만에 얼굴 보며 회포도 풀 겸 KTX를 타고 지방으로 내려갔다. 알려 준 장소에 도착하니 지금 신입을 교육하고 있는데 함께 듣고 식사를 하러 가자는 것이었다. 늘 배움에 목말라 있는 터라 어떤 것이든 배워 놓으면 좋을 것 같아서 모인 사람들과 함께 교육을 들었다. 오랜만에 만난 지인이 좋은 교육을 추천해 주니 고마울 따름이었다. 그러나 한 시간 넘게 들었던 교육 내용은 그야말로 가관이었다. '**라이프'라는 업체는 상조, 크루즈 여행, 어학연수 등의 상품을 판매하는 미등록 불법 다단계 업체였다. 교육을 다 듣고 나니 지인에게 고마운 마음이 더욱 크게 느껴졌다. 다른 곳에서 더 크게 당하지 말라고 이렇게 백신을 놔 주니 얼마나 고마운 일인가. 집으로 돌아온 후 그와의 인연에 대해 다시 한번 생각해 봤다. 이후로도 몇 번 연락이 왔는데 좋은 말로 자연스레 전화를 끊었다. 학창 시절 형제처럼 지냈던 그가 나에게 권유한 다단계 선물은 그 무엇과도 바꿀 수 없는 좋은 경험이었다. 그날 이후 아무리 친한 사람이라도 다단계에 빠지면 인면수심(人面獸心 사람의 얼굴을 하고 있으나 마음은 짐승과 같다는 뜻)이 되는 것은 순식간이라는 교훈을 배웠으니 말이다.

독서 모임을 운영하던 한 사람이 있었다. 사람 좋은 웃음과 여유로운 성격으로 주위 평판도 썩 괜찮은 편이었다. 오랫동안 운영해 오던 독서 모임이 삐걱거리고, 하던 일도 잘 안 풀리기 시작하며 그 역시 다단계의 유혹에 빠졌다. 평소 쌓아 왔던 좋은 평판을 무기 삼아 나를 비롯한 주위 사람들에게 독일에서 건너온 건강식품을 권유했다. 모든 다단계 수법은 대동소이(大同小異 큰 차이 없이 거의 같음)하다. 당장 물건을 사지 않아도 되니 본인 밑으로 회원 가입만 하라고 권유했다. 거듭된 권유에도 여러 차례 거절하기를 반복했다. 이제는 포기했겠거니 싶었는데 어느 날 블로그 마케팅 관련한 좋은 온라인 교육이 있다며 나에게 소개를 했다. 평소 블로그에 관심이 많았던 차에 잘되었다 싶어 온라인 수업을 신청했다. 두 시간 동안 교육을 들어 본 결과 교육 다단계였다. 건강식품 다단계에 이어 교육 다단계로 넘어온 것이었다. 그날 이후 그와의 인연을 정리했다. 다단계가 아니었다면 평생의 인연으로 이어질 수도 있었으리라 생각했건만 경제적 어려움에 시달리니 남을 팔아서 내가 사는 방법을 택한 것이다. 그렇다고 경제적 어려움에 시달리는 모든 사람이 그러지는 않을 텐데 말이다. 덕분에 두 번째 백신도 잘 맞았다.

또 내가 알고 지내는 한 사람이 하루는 투자 관련 이야기를 꺼내는 것이었다. 무슨 말인가 싶어 들어 봤더니 친한 동생에게 좋은 투자처를 소개받았다는 것이다. 나에게 하라는 말은 하지 않았지만, 은근히 권유하는 듯한 뉘앙스였다. 1구좌당 얼마의 돈을 넣으면 매달 원금과 이자를 꾸준히 돌려준다는 것이었는데, 본인은 이미 몇 구좌에 2천만 원 정도의 돈을 넣었

다고 했다. 이야기를 듣는 순간 전형적인 폰지 사기라
는 생각이 들었다. 조금 더 자세히 알아보고, 폰지 사
기도 검색해 보라고 하니 정말 친한 동생이라서 그런
걱정은 안 해도 된다며 오히려 나를 안심시켰다. 그리
고 만일 사기라고 하더라도 그 동생이 알면서 일부러
나에게 그랬을 리는 없다며 본인도 모르고 했을 테니
그렇다면 할 수 없다고 했다. 스스로 안심시키기 위한
말이었을 테지만 집에 돌아가서 찾아봤을 것이다. 이
후에도 몇 번 물어봤는데, 원금과 이자가 계속해서 들
어오고 있다며 걱정하지 말라고 했다. 시간이 지나 다
시 물어보니 결국 폰지 사기가 맞았고, 결국 투자금 2
천만 원은 회수하지 못했다. 처음에 믿음을 주기 위해
서 얼마의 돈은 넣어 주겠지만 결국 투자금은 돌려받
지 못한다. 투자금이 아니라 사기당한 돈이라는 표현
이 더 맞을 것이다.

폰지 사기는 폰지 게임이라고도 하는데, 전형적
인 투자 사기 수법의 하나다, 실제 아무런 이유 창출
없이 투자자들이 투자한 돈을 이용해 투자자들에게
수익을 지급하는 방식이다. 1920년대 초반 최초로 이

것을 저지른 찰스 폰지(Charles Ponzi)의 이름을 따서 폰지 사기라고 불리는데, 웹사이트에 '폰지 사기'를 검색하면 자세히 알 수 있다.

사회 초년생들이 쉽게 유혹에 빠지는 것이 바로 다단계다. 다단계는 호기심도 가지지 말고, 결코 시도조차 하지 않는 것이 좋다. 마약이나 도박에 손을 대지 않고, 호기심을 가지지 말아야 하는 것과 같다. 누구나 일은 적게 하고 돈은 많이 벌고 싶어 한다. 하지만 세상에 그런 일은 요행밖에는 없다. 도박이 대표적인 경우다. 누구나 요행으로 큰돈을 벌 수 있다면 세상에 열심히 일하는 사람이 어디 있겠는지 생각해 봐야 한다. 세상은 그렇게 호락호락하지 않다. 내 시간과 노력을 투자해서 얻은 수익이야말로 의심할 여지가 없는 노동의 대가다. 물론 시간과 돈을 바꾸는 것은 경제 활동의 가장 기본 개념이다. 그러니 공부를 하고 점차 파이프라인을 만들어서 시간을 투자하지 않아도 돈이 벌리는 수익 구조를 만들 필요가 있다. 이는 다단계와는 격이 다른 일이다.

정말 돈 되는 방법을 공유하는 사람은 아무도 없다. 어느 날 주위에서 큰돈을 벌었다며 그 비법을 알려 주는 사람을 조심해야 한다. 그 큰돈을 혼자서 벌지 왜 나에게 공유하는지 스스로에게 반문해 봐야 한다. 지극히 상식적인 일이다. 정말 돈이 되는 일이라면 본인과 부모 자식이 사채를 써서라도 투자하여 혼자서 돈을 벌 것이지 왜 나에게 그 좋은 일을 알려 주는지 생각해 본다면 바로 답이 나온다. 과연 평소에 나를 그만큼 생각해 주었던 사람인지도 의심해 볼 필요가 있다. 한 번에 큰돈을 벌게 해 준다는 말은 무조건 의심부터 하고 봐야 한다. 세상에 그런 일은 없다. 아무리 친한 사이라도 그런 말을 한다면 절대 믿지 마라. 사회 초년생들과 지금 하는 일이 잘 안 풀리는 사람들은 특히 조심해야 한다. 주위에는 생각보다 나의 힘듦을 이용하려 호시탐탐 기회를 엿보는 하이에나들이 많다는 것을 잊어서는 안 된다. 지금 하는 일에 최선을 다하면 된다. 지금 하는 일이 마음에 들지 않는다면 차라리 업종을 바꾸는 것을 생각해 볼 필요가 있다. 각 지자체에서도 지원 사업이 많으니 새로운 것을 배워 보는 것도 좋은 방법이다. 본인만 부지런

하고, 하고자 하는 마음이 있다면 얼마든지 살 방법이
있다.

《주역(周易)》〈계사전(繫辭傳)〉에 '궁즉변 변즉
통 통즉구(窮則變 變則通 通則久)'라는 말이 있다. 줄
여서 '궁즉통(窮則通)'이라고도 한다. 궁하면 변하고,
변하면 통하고, 통하면 오래간다는 뜻이다. 삶이 힘들
고 어려울지라도 결국 통하는 것이 세상 이치다. 조
금만 인내하고 변하면 문제가 해결된다. 궁하면 통한
다. 문을 두드려라. 그러면 열릴 것이다. 신은 우리가
감당할 수 있을 정도의 시련만 준다는 것을 잊지 말아
야 한다. 세상에 이겨 내지 못할 힘듦은 없다. 5년 · 10
년 후의 나를 상상해 보라. 지금 너무 힘들어도 지나
고 보면 웃으며 이야기할 수 있다. 주위에 다단계니
네트워크 마케팅이니 말하는 사람은 무조건 손절하
는 것이 좋다. 인생은 늘 상식선에서 생각하는 것이
탈이 없는 법이다.

07

인사가 만사

① 인사(人事)가 만사(萬事)라는 말이 있다. 이는 사람의 일이 곧 모든 일이라는 뜻으로 알맞은 인재를 알맞은 자리에 써야 모든 일이 잘 풀린다는 뜻이다. 이때 사용하는 인사(人事)는 관리나 직원의 임용, 해임, 평가 따위와 관계되는 행정적인 일을 말한다. 만사(萬事)는 여러 가지 온갖 일을 뜻한다. 인사가 만사라는 말은 보통의 경우 정치나 회사에서 사람을 등용할 때 흔히 사용하는 말이다. 어느 조직에서나 사람을 잘 등용하는 일이 가장 중요하다는 뜻이다. 2024년 대한민국 각 부처의 요직에 어떤 인사가 이루어졌으며 그것이 과연 올바른 인사인지 유심히 한번 살펴볼 필요가 있다.

② 같은 한자를 사용하지만, 우리가 평소 자주 하

는 '안녕하세요' 같은 인사(人事)는 다른 의미의 인사다. 여기서 말하는 인사는 누군가를 마주 대하거나 헤어질 때 예를 표하는 말이나 행동을 뜻하는데, 일상에서 가장 많이 사용하고 또 사람들이 가장 중요하게 생각하는 것이 바로 인사다. '안녕하세요', '반갑습니다', '수고하세요' 등으로 많이 사용하는데, 이 또한 처음 언급한 인사 못지않게 중요한 일이다.

지금부터 언급하는 '인사'는 두 번째 의미의 인사다. 집에서 가정교육을 하며 부모가 자녀들에게 가장 중요하게 가르치는 것 중의 하나가 바로 인사다. 흔히들 인사만 잘해도 반은 먹고 들어간다고 말하며 자녀 교육을 한다. 밖에서 인사를 제대로 하지 않는 사람은 어릴 때부터 가정교육이 제대로 되지 않았거나 인성이 올바르게 형성되지 않은 경우가 많다. 사람을 만나면 기본적으로 가장 먼저 해야 하는 것이 바로 인사다.

사람들은 누구나 대접받는 것을 좋아한다. 인사를 먼저 하는 것은 상대를 대접해 주는 일이기도 하지만 내 인격이 먼저 드높아지는 것이다. 내가 인사를 먼저 하는 것은 결코 자존심 상하는 일이 아니다. 외국에서는 지나가다 눈만 마주쳐도 눈인사를 나누며 가볍게 고개를 끄덕인다. 아니면 '하이', '헬로우'라고 말을 건네며 친근함을 표시한다. 그런데, 우리나라 사람들은 눈이 마주치면 째려보거나 시비를 건다. 뉴스에 종종 나오는 묻지 마 폭행 사건을 보면 대부분 상대가 먼저 쳐다봤다며 그 이유를 댄다. 물론 문화 차이가 있으니 우리나라에서 상대와 눈이 마주쳤을 때 눈인사하거나 '안녕하세요'라고 인사를 한다면 정신 나간 사람 취급을 받을 수도 있다. 그런데 상대가 째려본 것도 아니고 그냥 쳐다봤을 뿐인데 그걸로 시비를 거는 일은 최소한 없어야 한다. 보라고 있는 눈인데 쳐다본다고 시비를 거니 눈을 감고 다닐 수도 없고 답답한 노릇이다. 시비하려고 쳐다보는 것과 그냥 쳐다보는 정도는 구분할 수 있어야지 그걸 눈이라고 달고 다니는 걸 보면 딱한 마음이 든다. 눈싸움에 이겼다고 우쭐댈 필요도 없고, 눈싸움에 졌다고 의기소침할 필요도 전혀 없다. 괜히 사소한 일에 목숨 걸고 덤빌 필요가 없다.

내가 20대 시절 20개국 배낭여행을 다닐 때 인도, 네팔을 몇 번 다녀온 적이 있다. 서남아시아에 속한 인도나 네팔에 가면 독특한 문화를 만날 수 있다. 그들은 아무 이유 없이 사람을 쳐다본다. 그것도 아주 오랫동안 빤히 쳐다본다. 가끔은 여러 사람이 주위를 둘러싼 채 아무 말도 없이 계속해서 쳐다보고 있으면 동물원 원숭이가 된 기분이다. 너무 오랫동안 빤히 쳐다보니 정말 민망할 지경이다. 사실은 그냥 쳐다보는 게 아니라 '무표정하게 째려본다'라는 표현이 적절하다. 쳐다보는 이유는 하나다. 외국인이라 그냥 신기해서 호기심으로 쳐다보는 것이다. 그들이 아무런 이유도 없이 쳐다보면 처음에는 어색함을 피하려고 '나마스떼'라고 말하고 웃으며 인사를 한다. 하지만 그들은 아무런 반응이 없다. 무표정하게 계속해서 쳐다볼 뿐이다. 그럴 때는 나도 한 사람을 응시하고 계속해서 쳐다본다. 5분, 10분이 지나면 흥미가 사라졌는지 군중들은 하나둘 흩어진다. 나에게 '저런 미친놈'이라는 눈빛을 보내며 오히려 나를 이상한 사람 보듯이 힐끔거리며 흩어진다. 이런 짓을 여러 차례 되풀이하다 보면 그들이 나를 쳐다보는 것도 어느 정도 면역이 된다. 이것도 시간이 남아돌 때 같이 놀려고 하는 행동이지 이동하고 있거나 바쁠 때도 계속해서 쳐다보면 짜증이 나는 경우도 있다. 시간이 지나고 생각해 보면 그들에게는 그것이 인사였는지도 모른다. 웃으며 기분 좋게 '나마스떼'라고 말하는 사람들이 있는가 하면 인사 정도도 못 할 만큼 내성적이라 그저 쳐다보기만 했을지도 모르니 말이다. 마음속으로 '안녕. 어디서 왔니? 여긴 왜 왔니?' 정도의 인사를 건넸을지도 모른다.

인사는 하라고 있는 것이다. 인사는 돈도 들지 않고. 시간도 적게 들. 먼저 해도 기분 좋고 받아도 기분이 좋다. 인사를 먼저 한다고 해서 내가 기 싸움에서 지는 것이 아니다. 먼저 본 사람이 그냥 하면 된다. 하지만 우리는 살아가며 인사에 인색한 사람을 많이 만난다. 열 번 봐도 항상 내가 먼저 인사하고, 내가 먼저 인사를 해도 '네'라고 단답형으로 대답하고 스쳐 지나간다. 돌아보면 뒤통수도 참 예의 없이 생겼다는 생각마저 든다. 그런 모습을 보면 그 사람의 인간성을 엿볼 수 있다. 그런 일이 반복되면 '내가 뭐가 아쉬워서'라고 생각하며 나도 인사를 안 하게 된다. 그렇게 점점 서로 인사할 일이 줄어들고 점점 각박한 사회가 되어 간다.

개를 좋아하는 사람은 공원을 산책하다가 예쁜 개를 만나면 반가운 마음이 들어 자연스레 웃으며 쪼그리고 앉아 개의 족보부터 캔다. 개는 온종일 집에 갇혀 있다가 주인이 퇴근하고 난 후 그렇게 기다리던 산책을 하려고 나왔다. 그런데, 지나가는 사람마다 먼저 인사를 하며 가던 발걸음을 멈춰 세우니 똥오줌도 싸고 마음껏 뛰어놀고 싶은 개 처지에서는 미치고 환장할 노릇이다. 그 개의 심정이 어떨지 부디 헤아려 주길 바란다. 그 마음의 백 분의 일 정도 마음을 가지고 만나는 사람끼리 서로 반갑게 인사해 보자. 자주 만나는 사이에 인사도 하지 않고 지내면 개보다 못한 사람이 될 수도 있다. 좀 더 온정이 넘치는 사회를 만드는 데 일조하고 싶으면 이왕에 하는 인사를 무표정으로 하지 말고 웃으면서 하면 된다. 그렇게 인사하면 하는 사람도 기분 좋고 받는 사람도 기분 좋다. 열 번 만나면 열 번을 웃으며 인사해 보자. 상대가 나를 어떻게 느끼는지는 생각하지 말고 그냥 사람을 만나면 예의상 하는 걸로 생각하고 한번 실천해 보자. 시간이 지나면 나도 바뀌고 상대도 바뀐다. 인사가 가지는 힘은 생각보다 크다. 그래서 ① 인사가 만사이기도 하지만 ② 인사가 만사이기도 하다. 먼저 웃으며 인사하는 사람에게 침 뱉을 사람은 없다. 우리 사회가 먼저 웃으며 인사하는 미덕(美德 아름답고 갸륵한 덕행)이 넘치는 그런 사회가 되기를 바란다.

Chapter 4

나이 듦에 대하여

01   나이를 먹는다는 것

부모라면 자식에게 떳떳하게 살아가야 할 필요가 있다. 부모라고 해서 아무렇게나 행동하고 내로남불을 실천하는 꼰대가 되어서는 안 된다. 그것을 보고 자란 자식이 부모를 넘어선 꼰대가 될 가능성이 크다. 부모라면 매사에 본인을 관리하고 자신을 돌아봐야 한다. 내가 하는 행동이 자식에게 부끄럽지는 않은지, 나는 좋은 아버지인지 좋은 어머니인지를 수시로 돌아봐야 한다. 자식에게 부끄러운 짓이라면 애초에 하지 말아야 한다. 세상에서 가장 무서운 것이 자식의 눈이다. 보이지 않는다고 해서 행하고, 보인다고 해서 안 하는 것은 자식들이 부모에게 무언가를 숨기고 거짓을 말하는 것과 다를 바가 없다. 자식에게는 거짓말을 하지 말라고 가르치면서 내가 부끄럽고도 어리석은 삶을 살아서는 안 된다. 나는 나이가 들어가며 점

점 더 자식들의 눈이 두렵다. 아이들에게 내 모습이 어떻게 비칠지를 생각하며 수시로 나를 돌아보고 반성한다. 그러니 갈수록 내 삶이 더욱 절제되고 피곤해진다. 이렇게 살다가는 스님이 될지도 모를 형국(形局 어떤 일이 벌어진 형편이나 국면)이다.

본디 인간은 본인에게 한없이 관대하고 타인에게는 엄격하다. 자기 관리를 잘하는 사람은 타인보다 본인에게 엄격하지만 그렇게 살기가 참 힘든 것이 현실이다. 자기 관리를 잘하는 대표적인 경우가 손흥민 선수와 그의 아버지이자 정신적 지주인 손웅정 감독이다. 런던에서 생활할 때 하루 일정을 소화하기 위해서 매일 새벽 4시 전에 일어나야 했던 손웅정 감독은 알람도 해 놓지 않고 잠이 든다. 아들을 최고의 선수로 만들기 위해서 아들에게 부끄럽지 않은 아버지로 더욱 모범적으로 살아간다. 그가 있기에 지금의 손흥민 선수가 있는 것이다. 우리는 손웅정 감독과 그의 아들인 손흥민 선수가 삶을 대하는 자세를 배울 필요가 있다. 기름진 땅에서 좋은 곡식이 자라는 것처럼 훌륭한 아버지 밑에서는 훌륭한 자식이 나오는 법이다. 그런 자식을 만들고 싶으면 내가 훌륭한 부모가 되면 된다.

나와 자식을 이중 잣대로 대하지 말고, 동일(同一 어떤 것과 비교하여 똑같음) 잣대로 대하여 나도 자식도 서로가 성장할 수 있는 기준으로 삼는 것이 좋다. 자식에게만 이래라저래라 시키지 말고 부모가 먼저 솔선수범하면 된다. 부모가 아침에 일어나 책을 읽고 있으면 자식도 자연스레 따라 할 가능성이 크다. 반대로 부모가 온종일 게임이나 하고 있다면 그것 역시 자식이 똑같이 따라 한다. 나이만 먹었다고 어른이 아니다. 결코 이것을 착각해서는 안 된다. 그냥 가만히 있어도 먹는 게 나이다. 세상에 나이 먹는 것만큼 수월한 일이 없다. 자식을 낳았다고 어른이 아니고, 손주가 태어났다고 해서 현명한 노인이 아니다. 그저 태어나서 시간이 흐르면 자연스레 몸은 자란다. 그렇게 다 큰 남녀가 만나 결혼하고 운우지정(雲雨之情 구름 또는 비와 나누는 정이라는 뜻으로 남녀의 교합을 이르는 말)을 나누고 자식을 낳으니 잘 키우든 못 키우든 그냥 자식을 기르는 성인들이 간혹가다 있다. 정신은 학창 시절에 머무르는데 몸만 나이가 들어가는 것이다. 이것을 요즘 사람들은 어른이라고 부른다. 물론 그 어른이들도 지금까지 살아오며 주위에서 주워들은 이야깃거리나 뉴스거리가 있다. 그것을 본인의 지식이라고 착각하며 살아간다. 그러나 그 정도는 사람이라면 누구나 다 알 만한 정도의 얕은 정보다. 대단한일이나 뽐낼 만한 지식이 아니다. 적어도 육체와 정신이 지금까지 함께 성장해 왔다고 말할 수 있기 위해서는 육신(肉身 사람의 몸)의 시간이 흐른 만큼 정신도 끊임없이 갈고 닦아야만 한다. 공부가 그것이다.

사람의 정신은 몸과 함께 성숙(成熟 몸과 마음이 자라서 어른스럽게 됨)해야 한다. 이는 반드시 독서와 사색이 동반되어야 한다. 나이 들어가는 것과 성숙하는 것은 별개로 바라봐야 한다. 정신적인 성숙이 결여(缺如 마땅히 있어야 할 것이 빠져서 없거나 모자람)된 채 그저 나이만 먹는 것은 별다른 노력을 하지않아도 된다. 가만히 있으면 시간의 흐름에 따라 자연스레 이루어지는 일이다. 그것은 나이를 날로 먹는 것과도 같다.

성숙해지기 위해서는 인위적인 노력을 동반해야 한다. 성숙은 경험이나 습관을 쌓아 익숙해진다는 뜻이다. 그러나 성숙에는 한 가지 뜻이 더 추가된다. 끊임없이 공부하며 자신을 성장시키는 것을 뜻한다. 이것은 시간의 흐름에 따라 몸이 나이 들어가듯 그렇게 자연스럽지도 않고 편안한 과정도 아니다. 힘들고 불편한 과정을 거쳐야 한다. 그 과정을 거쳐야만 진정한 성숙의 단계에 이를 수 있다. 그래야만 제대로 나이를 먹었다고 말할 수 있다. 뇌는 늙지 않는다. 뇌가 늙기 시작하는 순간은 뇌를 쓰지 않았을 때부터이다. 세월의 흐름에 따라 저절로 나이가 들어가는 것이 아니라 제대로 나이를 먹기 위해서는 뇌를 계속해서 사용하며 스스로 꾸준히 노력해야 할 일이다. 올바른 어른이 되기 위해 늘 본인을 깨우쳐야 한다. 나이를 먹고도 몸만 큰 철부지로 살아갈 것이 아니라 제대로 나이 먹은 올바른 어른으로 살기 위해서는 몸과 정신이 함께 성숙하도록 노력해야 할 필요가 있다.

02

부모와 자식 사이

부모와 형제 사이에서 마땅히 지켜야 할 도리를 천륜(天倫)이라 한다. 천륜은 마땅히 지켜야 할 도리니 지키는 것이 당연하다. 당연하고도 마땅한 것을 지키지 못하는 것은 어리석은 짓이다. 어리석은 짓임을 알면서도 해서는 안 된다. 사람은 늘 도리(道理 사람이 어떤 입장에서 마땅히 행하여야 할 바른길)를 지키며 살아야 할 필요가 있다.

요즘은 비혼주의자가 많다. 하지만 사랑하는 사람과 결혼해서 함께 살고자 하는 사람도 그에 못지않게 많다. 자식은 몸만 성하면 누구나 낳을 수 있다. 심지어는 몸이 성하지 않아도 자식을 낳아서 잘 기르는 경우가 더러 있다. 내 새끼를 낳아서 기르는 건 사람이나 짐승이나 매한가지다. 열 달 동안 잉태하여 산고

(産苦 아이를 낳을 때에 느끼는 고통)를 겪은 후 힘들게 낳았으면 잘 길러야 한다. 그런데 간혹 자식을 낳고도 기르지 않고 버리는 어미가 있다. 반대로 내가 낳은 자식이 아닌데도 불구하고 자식을 입양해서 키우는 훌륭한 어머니가 있다. 신이 모든 곳에 있을 수 없기에 어머니를 내려보냈다고 한다. 이런 어머니야말로 신이 보람을 느낄 만한 존재다. 자식을 낳았다고 해서 부모의 의무가 끝나는 것이 아니다. 낳았으면 책임지고 잘 길러야 한다. 짐승도 하지 않는 짓을 사람이 해서는 안 된다. 이것은 당연한 말이다.

내가 좋아서 낳은 자식이니 낳았으면 마땅히 잘 키울 의무와 책임이 있다. 어디 가서 자식 키운다고 유세할 필요도 없다. 낳았으니 기르는 것은 당연한 일이다. 당연한 일을 공치사(功致辭 남을 위하여 수고한 것을 생색내며 스스로 자랑함)하려 해서는 안 된다. 자식이 어릴 적에 젖을 물리고, 기저귀를 갈아주는 일은 부모라면 당연히 해야 한다. 아이가 다치지 않게 안전하게 돌보는 일, 춥지도 덥지도 않게 돌보고, 자식을 늘 사랑으로 대해야 하는 것은 부모라면 마땅히 해야 할 일이다. 그런데, 이 마땅한 돌봄을 받지 않았음에도 불구하고 혼자서 훌륭하게 성장한 사람도 있다. 그리고 버림받은 아이를 입양해서 누구보다 잘 키우는 부모를 내 주위에서 종종 봐 왔다. 입양 가족 모임에 강의하러 가서 그들을 보며 많은 교훈을 얻었고 또 많은 반성을 했다. 누군가에게는 당연한 일이겠지만 다른 누군가에게는 그 당연함이 무척이나 특별한 일이다. 자식을 낳은 후 방임(放任 돌보거나 간섭하지 않고 제멋대로 내버려둠)하고 유기하는 것은 짐승도 하지 않는 짓이다. 낳아 달라고 하지도 않았는데, 제가 좋아서 낳아 놓고 나 몰라라 하는 건 패륜(悖倫 인간으로서 마땅히 하여야 할 도리에 어그러짐)이다. 자식이 부모에게 잘못하는 것만 패륜이 아니다. 부모로서 도리를 다하지 않는 것도 자식에게 패륜을 저지르는 짓이다. 패륜을 저지른 사람은 부모나 자식이나 그에 따른 인과응보(因果應報)의 대가를 반드시 받는 것이 세상의 이치다.

당연히 하되 고마움을 바라지 말고, 고마워하되 당연하게 생각하지 말아야 한다. 자식의 효는 어릴 적

부모에게 지어 준 예쁜 미소만으로 그것을 다한 것이
고, 부모의 도리는 자식을 낳아서 잘 길러 준 것으로
다한 것이다. 그 이상은 서로에게 바라지 말아야 한
다. 좋은 것만 기억하고 좋지 않은 것은 잊어야 한다.
하지만 좋은 것은 이내 잊어버리고 좋지 않은 것만 기
억하는 것이 사람이다. 하지만 그렇게 하면 결국에는
본인만 힘들어진다. 자식이라고 부모에게 서운한 것
이 없겠으며 부모라고 자식에게 서운한 것이 없겠는
가. 천륜으로 맺어진 인연이니 손해 볼 것도 없고, 아
까울 것도 없다. 그냥 할 수 있을 만큼 더 아끼고 더
나누고 더 사랑하면 그걸로 족하다.

그렇게 살다가 시간이 지나 죽음에 이르렀을 때,
더 못 해 준 아쉬움에 애통해하지도 말고 먼저 간다고
애간장이 끊어지게 통곡할 필요도 없다. 사랑하는 사
람의 죽음이 슬픈 일이기는 하나 사람이 만나 헤어지
는 것은 지극히 당연한 세상의 이치다. 멀리 떨어져
만나지 못해서 눈에 보이지 않는 것과 죽은 후 만날
수 없어서 눈에 보이지 않는 것이 다르지만 한편으로
는 비슷하다. 헤어짐을 육체적인 헤어짐과 정신적인

헤어짐으로 굳이 나눌 필요가 없다. 눈에 보이지 않으면 헤어지는 것이고, 그 헤어짐이 지속되어 아주 오랫동안 못 보면 죽은 것과 다름없다. 어딘가에 살아 있어도 평생 안 보고 살면 죽은 거나 마찬가지다.

지금 내가 실천하기 싫거나 실천하지 않는 그 게으름을 부모의 죽음을 접했을 때 눈물로 대신하려 해서는 안 된다. 그것은 무척이나 비겁하고도 부끄러운 짓이다. 그때 가서 눈물 한 방울 덜 흘리고 지금 조금 더 잘하는 편이 낫다. 그렇게 해야 한다는 것을 알면서도 그렇게 하기 힘든 것이 사람이지만 힘들기에 해볼 만한 가치가 있다. 사람이라면 가치 없는 쉬운 일보다 조금 어렵지만, 가치 있는 일을 하면서 살 필요가 있다.

상처는 가장 가까운 사람에게 받는다. 사랑의 깊이가 깊을수록 고통의 깊이도 깊다. 부모와 자식 사이가 그렇다. 살아가며 서로에게 아쉬움을 남기지 않도록 조금만 더 노력하는 현명함을 가져야 한다. 천륜으로 맺어진 부모 자식이라면 더 말할 필요가 없다. 내 자식에게 바라는 것을 내 부모에게 하면 된다. 설령 내 자식에게 바라는 것이 없어도 부모에게 잘하는 것은 자식이라면 당연히 해야 할 일이다. 지금부터 조금만 더 노력해 보자. 내가 부모를 보고 자랐듯 내 자식도 본 대로 자란다.

03　　　　노인에게 묻는 삶의 지혜

　　한 사람의 노인은 도서관 하나와 같다. 노인 한 사람의 죽음은 도서관 하나가 소멸하는 것과도 같다. 그들은 역사의 산증인이다. 그들과 대화를 나눈다는 것은 책에서 배울 수 없는 신비롭고 특별한 지식과 지혜를 탐구할 수 있는 가장 좋은 수단이다. 할아버지·할머니가 살아 있다면 그들에게 많은 질문을 해 보는 것이 좋다. 내 조부모가 아니라도 괜찮다. 주위에 연세가 지긋한 어른이 있다면 그들에게 질문을 던져 보라. 한 가지 질문을 던지더라도 그 질문에 대한 단순한 대답이 아니라 많은 생각을 불러일으키는 그 이상의 여러 가지 대답을 들을 수 있을 것이다.

　　몇 해 전 어느 시골 마을에 여행을 갔을 때였다. 연세가 지긋한 민박집 어른과 대화를 나눌 기회가 있

었다. 햇살이 따뜻한 봄날 민박집 마당에서 한가로이
노닐고 있는데 주인어른이 평상으로 올라와 내 곁에
앉아서 이야기가 시작되었다.

"아버님은 평생 여기 사셨습니까?"

"그럼. 나야 평생 여기 살았지."

"그럼 옛날이야기 좀 해 주십시오. 옛날에 이곳은
어땠습니까?"

"글쎄. 저기 섬 보이지. 6·25 때 섬 뒤편에 있는 군
함에서 포를 쏴서 저쪽 빨간 지붕 집에 떨어졌어. 쾅쾅
소리가 나는데, 어찌나 정신이 없던지. 내가 열댓 살쯤
되었지, 아마."

"그걸 직접 다 보셨습니까?"

"보다마다. 난리도 아니었어."

"역사의 산증인이시네요. 오늘 이렇게 마당에 나
와 있으니 바람이 참 좋습니다."

"그러게. 오늘 바람이 참 좋구먼."

"……."

저쪽 하늘을 올려다보며 이야기를 이어 간다.

"저쪽에서 높새바람이 불어오면 어김없이 비가 내려."

"높새바람요?"

"그럼. 저쪽 산에서부터 바람이 이렇게 불어 내려와."

"그럼 비가 옵니까?"

"암만. 비가 바람을 타고 이렇게 살살 넘어와."

"신기하네요."

"그리고 이쪽에서 하늬바람이 불면 이상하게 고기가 안 잡히지. 희한해."

"그렇군요. 하늬바람이 불면 고기가 안 잡히는군요."

"암만. 자연이 그래. 참 희한하지."

"네, 그러네요."

평소 대화를 나누던 이웃과는 늘상 하던 이야기라 지루한 감이 없잖아 있을 수 있겠지만 외지의 젊은 사람과 이야기의 물꼬를 트니 한참 동안 신나게 대화가 이어졌다. 그들의 언어로 그들의 역사가 펼쳐졌다. 마치 역사의 한 장면으로 들어간 것 같은 느낌이 들었다.

"아버님. 아버님께서는 인생이 뭐라 생각하십니까?"

"글쎄. 인생이라…."

"네. 다들 인생의 의미를 알고 싶어 하지 않습니까? 아버님이 생각하시는 인생이란 어떤 겁니까?"

말없이 잠시 먼 산을 바라보다 한숨을 내쉰 후 말을 이어 갔다.

"보자. 인생이라. 인생은 화살과도 같은 것 같네."

"화살이요?"

"그럼. 지나고 보니 세월이 참 빠르게 지났어. 젊은 시절이 엊그제 같은데 내 나이가 벌써 이렇게 되었네. 이것 봐. 머리에 눈이 하얗게 내렸어. 눈 깜박할 새야. 빨라. 세월이 참 빨라."

"네. 머리에 눈도 하얗게 내리고, 인생은 화살과도 같군요."

그들이 사용하는 언어는 다르다. 우리가 사용하는 요즘의 언어와는 분명 차이가 있다. 어찌 보면 시인의 언어 같기도 하고, 어찌 보면 한적한 시골 마을에서 세상과는 격리된 채 살아가는 그들만의 고유의 언어 같기도 하다. 그들과 대화를 나누면 잠시 다른 세상에 온 듯한 착각마저 든다. 과거로 여행을 간 듯한 느낌과 동시에 그들의 세상으로 잠시 초대를 받은 듯한 느낌이 든다. 그들의 유년 시절 기억을 지나 젊은 시절을 거쳐 지금 나이 때까지의 이야기가 쉴 새 없이 펼쳐진다. 마치 제대로 된 이야기꾼을 만난 기분이 든다. 그들은 이곳에서 예전부터 지금까지 그들의 언어와 문화를 지켜 왔고, 그 이야기를 다음 세대에게 들려준다. 한 편의 연극이나 영화를 보는 듯한 느낌마저 든다. 그들을 만나 이런 경험을 해 보는 것은 그들에게도 좋은 시간이겠지만 나에게 더할 나위 없이 큰 선물을 주는 느낌이다.

훗날 그들이 떠난 뒤 후회하지 말고 가능하다면 지금 당장 질문을 던져라. 그들이 살아온 삶은 어떠했고 그때는 무슨 일들이 있었는지를 더욱 자세하게 들어 볼 필요가 있다. 책에서는 배울 수 없는 인생의 지혜와 지식을 얻을 수 있을 것이다. 우리는 그들의 나이를 살아 보지 못했지만, 그들은 우리의 나이를 경험해 봤다. 내가 몰라서 질문을 못 할 수도 있지만 질문하지 않으니 애초에 모르고 사는 것이다. 물을 사람만 곁에 있다면 묻고 또 물어라. 현명한 노인은 대화를 즐기고 거저 알려 주는 것을 마다하지 않는다.

하나의 도서관이 소멸하기 전인 지금이야말로 그들과 대화할 수 있는 가장 좋은 시점이다. 그들을 만나 삶의 지혜를 배워 보는 것은 어떨까?

04   아이 어른 노인

5월 8일 어버이날은 1973년에 제정, 공포(公布
일반 대중에게 널리 알림)되어 2022년 50주년을 맞았
다. 1956년부터 5월 8일을 '어머니날'로 지정하여 경
로효친 행사를 해 오는 과정에서 '아버지의 날'이 거론
되어 〈각종 기념일 등에 관한 규정〉에서 '어버이날'로
변경 후 지정하였다.

삼강오륜(三綱五倫 유교의 도덕에서 기본이 되
는 세 가지의 강령과 지켜야 할 다섯 가지의 도리. 군
위신강, 부위자강, 부위부강과 부자유친, 군신유의,
부부유별, 장유유서, 붕우유신을 통틀어 이른다)까지
들먹이며 모든 윤리 강령을 실천하며 살기에는 너무
피곤하다. 그래도 한두 가지 기본은 지키며 사는 것
이 흔히들 말하는 인간의 도리가 아닐까 생각한다. 언

제부터인가 예(禮)와 효(孝)가 실종된 사회가 되었다. 핵가족화, 1인 가구가 늘어난 것이 한몫하겠지만 사실 그것과는 별개 문제다. 대가족 문화가 사라진 지는 이미 오래되었으니 말이다.

'효'는 둘째치고 '예'에 대해서 한번 알아보자. 길을 가다가 나이 지긋한 중장년과 젊은 사람이 시비가 붙었다. 지금까지 드라마나 영화에서 많이 봐 왔던 풍경인 '너 나이 얼마나 먹었어?', '너는 집에 삼촌도 없냐?', '집에 아버지도 없냐?'라는 말은 이제 더 이상 할 수 없다. 그렇게 말했다가는 바로 맥락 없는 응수가 돌아온다. '먹을 만큼 먹었다', '그래, 없다', '가족은 건들지 말자'. 나이를 떠나 덩치 크고 싸움을 잘할 것 같은 상대에게만 아주 겸손할 뿐이다. 본인이 아무리 덩치가 크고 인상이 험상궂어도 어른이 지나가면 피우던 담배를 슬그머니 숨기며 고개를 돌리던 시절은 지났다. 강한 척하고 어른을 봐도 똑바로 바라보며 기싸움에서 이겨야 내가 강하다는 것이 증명되는 시절이 되었다. 그것이 마치 대단한 훈장이자 무용담인 양 친구들 사이에서 어깨를 으쓱하며 뽐내는 것이 자랑인 세상이 되었다. 나라를 구한 것도 아니고 악(惡)에 맞서 싸운 것도 아닌데 말이다. 정말이지 부끄러워도 이렇게 부끄러운 일이 없다.

지팡이를 짚고 다니는 노인은 이제 더 이상 아이들과 청년들에게 바른말을 할 수가 없다. 비단 노인이 아니라도 약해 보이는 어른은 더 이상 아이들에게 어른으로 보이지 않는다. 그냥 나보다 약해 보이는 한 사람일 뿐이다. 마치 동물의 왕국을 보는 듯하다. 옛 날에 나이가 지긋한 어른이 '이놈의 자식들'이라고 크 게 호통을 치면 별로 무섭진 않아도 어른 대접한다고 슬금슬금 자리를 피하던 시절은 더 이상 없다. 이는 분명 영화나 TV 같은 대중 매체의 악영향이 크다. 언 젠가부터 책과 사색에서 멀어지고, 영상을 일방적으 로 쉽게 받아들이며 생각하는 것을 멈추었다. 미디어 에서 노출되는 좋지 않은 모습을 보고 학습이 된 것이 다. 아이나 어른이나 자극적이고 쉬운 건 금세 따라 한다. 본인에게 도움이 되더라도 어렵고 힘든 일은 쉽 게 따라 하지 않는다. 결과가 나오기까지 시간도 오래 걸리거니와 무엇보다 어렵고 귀찮기 때문이다. 갈수록 귀찮고 힘든 일은 하지 않으려 한다. 대신 쉽고 자극적이고 빠른 결과가 나오는 일에 치중(置重 어떠한 것에 특히 중점을 둠)한다. 어른을 어른으로 보지 않고 함부로 대하는 것도 그것에 속한다. 마치 본인이 영화에 나오는 슈퍼 영웅이라도 된 듯이 말이다. 힘없는 노인을 이긴 젊은이의 이름이 슈퍼맨이었던가?

미디어를 통해 그런 불량스럽고 반항적인 모습을 보고 자란 아이와 청년들이 어른들에게 그렇게 해도 별문제가 없다고 생각하며 살아가는 것이 문제다. 물론 누가 봐도 어른 같지 않은 어른들도 있으니 그런 사람은 별개로 치자. 그런데 문제는 어른 같지 않은 어른뿐만 아니라 거의 모든 사람에게 그렇게 대한다는 것이다. 이것은 내 새끼만 귀한 줄 알고 가정 교육을 등한시하며 키운 부모 탓도 크다. 아니면 부모는 가정 교육을 올바르게 했는데 부지런하게도 스스로가 알아서 삐딱하게 자란 탓일 수도 있다. 여러 가지 이유로 요즘 우리 사회에서 나이대접은 더 이상 찾아보기 힘들다.

이는 비단 아이들만의 문제가 아니다. 어른도 문제다. 어른답지 못한 어른이 너무 많다. 나이만 먹는다고 어른이 아니다. 나이가 들면 무조건 어른이 되는 건 줄 알았겠지만 오산이다. 어른 짓을 해야 어른이다. 어른 짓은 하지 않으면서 '내가 어른입네' 하고 있으면 아무도 알아주지 않는다. 나이가 들어 가며 좋은 어른으로 살아가기 위해서는 긴장의 끈을 놓지 말아야 한다. 나이가 들수록 더 많은 공부를 하고 더 많이 이해해야 한다. 진정한 어른이 되기 위해 계속 노력해야 한다. 좋은 아이가 나이 들어 좋은 어른이 되고, 좋은 어른이 나이 들어 좋은 노인이 된다. 좋은 노인이 되기 위해서는 좋은 어른으로 성장해야 하고, 좋은 어른이 되기 위해서는 좋은 아이로 자라야 한다. 나이가 든다고 다 현명해지는 건 아니다. 이 모든 인과(因果 원인과 결과)가 없이 한순간 바로 만들어지는 법은 없다. 그러니 어린 시절부터 올바른 가치관을 가지고 살아가야 한다. 만일 철이 늦게 들었다면 성인이 된 시점에라도 가치관을 재정립하여 올바른 가치관을 토대로 살아가야 한다. 찾아보면 아직 좋은 어른들이 보이긴 하나 시간이 지날수록 좋은 어른은 더욱 만나 보

기 힘들지도 모른다. 그러니 나 스스로가 나중에는 천
연기념물이 될지도 모를 좋은 어른의 반열에 들도록
지금부터 노력해야 한다. 위대한 철학자나 성공한 사
업가만 존경받는 것이 아니다. 좋은 어른, 배울 것이
있는 현명한 노인들이야말로 젊은 세대들에게 존경
받을 가치가 있는 우리 사회의 가장 큰 자산이다. 스
스로가 그렇게 나이들 수 있도록 끊임없이 노력해야
한다.

언젠가부터 꼰대 문화가 자리를 잡았다. 누가 무
슨 말만 했다면 꼰대 소리가 자동으로 나온다. 상대가
하는 말의 논점(論點 논의나 논쟁의 중심이 되는 문제
점)은 파악하지 못한 채 '꼰대'라는 말을 앞세워 자기
방어기제(防禦機制 두렵거나 불쾌한 정황이나 욕구
불만에 직면하였을 때 스스로를 방어하기 위하여 자
동적으로 취하는 적응 행위)로 활용한다. 이제는 꼰
대라고 말하는 것을 보면 가소롭기까지 하다. 꼰대라
고 말하지만 그냥 상대가 하는 말이 듣기 싫은 것이
다. 부모님의 잔소리도 듣기 싫고 선생님의 잔소리도
듣기 싫은데, 다른 어른의 잔소리야 말할 필요도 없

다. 그러니 꼰대 이 한마디로 상대를 무시하고 하찮게 취급하는 것이다. 이것 말고도 가정 교육과 공교육의 부재(不在 그곳에 있지 아니함)로 나타나는 안타까운 사회 현상은 차고 넘친다.

SBS에서 방영한 드라마 '낭만닥터 김사부 시즌3' 이 있다. 지극히 이기적이고 개인주의를 추구하는 장동화(이신영 배우) 선생에게 일침을 가하는 김사부(한석규 배우)의 대사가 기억에 남는다.

장동화: 이런 분이셨습니까?

김사부: 뭐?

장동화: 선생님은 뭔가 다를 줄 알았는데, 꼰대 질하는 건 다른 교수님들이랑 똑같으시 네요.

김사부: 너 지금 뭐라 그랬어?

장동화: 전공의 나부랭이 주제에 함부로 대들지 마라. 까불지 마라. 애저녁에 싹 죽여 놓 고 기 꺾어 놓고 시작하는 거 아닙니까? 이거 지금.

김사부: 하, 이 새끼 봐라, 이거. 야 이거 또 간만에 전투력에 불을 확 지르네. 이게.

장동화: 이 새끼라뇨. 함부로 말씀하지 마십시오. 선생님.

김사부: 선생이라고 부르지 말든가 그럼. 야! 교육인지 훈육인지 구별도 못 하고 나이 많은 것들이 하는 소리는 죄다 골질에 꼰대질로 제껴 버리면서 선생님은 무슨 말라비틀어질 놈의 선생님이야. 어이 장동화 선생님. 그냥 너도 마음 편하게 그럼 이 새끼 저 새끼 해. 참고로 나는 성질머리가 원래 이렇다. 노력도 안 하는 주제에 세상 불공평하다고 떠드는 새끼들. 실력도 하나 없으면서 의사 가운 하나 달랑 걸쳐 입었다고 잘난 척하는 새끼들. 제 할 일도 제대로 안 하면서 불평불만 늘어놓는 새끼들. 아유. 그냥 대놓고 조지는 게 내 전공이거든. 알아둬라.

'교육인지 훈육인지 구별도 못 하고 나이 많은 것들이 하는 소리는 죄다 골질에 꼰대질로 제겨 버린다.'는 김사부의 한마디에 속이 후련해진다. 필자가 하고 싶었던 말을 대신해 주니 고마울 따름이다. 교육도 듣기 싫고, 훈육도 듣기 싫으니 모든 것을 꼰대질로 치부한다. 젊은 세대들의 비겁하고 치졸한 대처인 것을 알지만 기성세대들은 받아들일 수밖에 없다. 여기서 한마디 더 했다가는 정말 꼰대가 될지도 모르니 말이다. 어쩌면 기성세대들은 지금 젊은 세대로부터 꼰대라는 단어로 가스라이팅을 당하고 있는지도 모른다. 그러니 수시로 본인을 돌아보며 내가 정말 꼰대 짓을 하는지 그게 아니라면 적당한 훈육과 교육을 하는지 돌아보는 시간을 가져 봐야 한다. 판단이 섰고 필요한 때가 있다면 꼰대라는 말에 얽매이지 말고 시원한 참교육 시전 한 번쯤 해 줄 필요도 있다.

요즘은 젊은 꼰대들이 더 큰 문제다. 젊은 꼰대는 본인보다 나이 많은 사람들이 하는 말은 모조리 꼰대질, 꼰대들의 잔소리로 치부한다. 정작 본인은 후배들에게 꼰대질을 일삼으면서 말이다. 내로남불의 적극적인 주인공이 될 필요는 없다. 이제 적당히 하고 자신을 한번 돌아보자. 젊은이도 어른도 자신을 돌아볼 시간이 필요하다. 남녀노소 모두 마찬가지다. 단, 죽었다 깨어나도 어른 대접은 못 받을 것 같은 꼰대 중에 상꼰대가 있다면 이것은 거르는 게 낫다. 노인이 되어 생각이 굳는 것이 아니라 생각이 굳으니 노인이 되는 것이다.

범우주론적으로 보자면 정말 티끌만도 못한 존재가 인간이다. 아이, 청년, 어른, 노인으로 나누지 말고 모두가 그저 한 '인간'이라 생각하자. 그리고 한 인간일 뿐인 자신을 스스로 계속해서 돌아보자. 오늘도 내일도 계속해서 나를 돌아보며 자아 성찰을 한다면 한결 더 살기 좋은 세상이 되지 않을까? 서로 최소한의 예의는 지키고 살아가는 세상이 되기를 바란다. 나이 대접은 받는 것이 아니고 해 주는 것이다. 나이대접받고 싶다면 내가 먼저 윗사람에게 나이대접해 주면 된다. 인지상정(人之常情 사람이면 누구나 가지는 보통의 마음), 인과응보(因果應報 원인에 따라 결과가 있으니 응당 그 보답을 받는다)라는 말이 괜스레 생겨난 말이 아니다. 결국 모든 것은 돌아온다고 생각하고 먼저 베풀고 살아야 한다.

예와 효는 늘 함께한다. 위에서 언급한 바와 같이 '예'를 지키고 살아갈 준비가 되었다면 '효'도 삶의 한 부분으로 생각하고 늘 실천하며 살아야 한다.

어버이날에만 부모님께 전화하는 연례(年例)행사는 이제 그만하고 매일 문안 인사를 드리는 상시(常時) 행사를 해 보면 어떨까? 자식은 부모가 전화하면 귀찮아하지만, 부모는 자식이 매일 전화해도 귀찮아하지 않는다. 부모는 자식이 열 번을 물어봐도 똑같은 대답을 해 주지만 자식은 부모가 두 번만 물어봐도 싫은 기색을 한다. 부모는 자식을 키우던 시절 자식이 열 번이 아니라 백 번을 물어봐도 사랑스러운 눈빛을 보내며 똑같은 대답을 계속해서 해 주었다. 나는 지금 내 부모에게는 어떻게 대하는지 한번 생각해 볼 필요가 있다. 효도는 금전적인 것만으로 다 하는 것이 아니다. 지금까지 어떻게 살았는지 돌이켜 보고 이제는 부모의 마음을 헤아리는 시간을 가져 보도록 하자. 그리고 지금 전화 한 통 해 보면 어떨까.

자기 부모를 섬길 줄 모르는 사람과는
벗하지 말라.
왜냐하면 그는 인간의 첫걸음을
벗어났기 때문이다.

- 소크라테스 -

05   너도 내 나이 돼 봐라

나이 안 먹는 사람 없다. 나이는 시간이 지나면 자연스레 먹는다. 나이 먹었다고 유세(遊說 자기 의견이나 주장을 선전하는 것) 뗄 필요 없다. 어디 가서 나이 먼저 내세우면 한심하고 또 우습게 보인다.

누군가는 본인보다 어린 사람들과 대화를 나누며 '너도 내 나이 돼 봐라', '내일모레 내 나이가 얼마'라는 말을 입에 달고 산다. 이런 사람의 특징은 젊어서부터 이런 말을 시작한다는 것이다. 조금 비약하자면 이들은 젊어서부터 나이 타령하고 살았으니 늙음을 앞당겨 쓴 것과 마찬가지다. 본인의 의식 속에서 본인은 늘 나이 든 사람, 어른이라고 생각하며 살아갈지도 모른다. 그러나 이것은 본인의 착각이다. 이런 사람일수록 어른이 아니다. 그저 어른이 되고 싶은 아이일 뿐이다. 다른 말로 하면 꼰대다.

이들은 본인보다 나이가 많은 사람 앞에서도 으레 '내 나이가 몇인데', '나도 먹을 만큼 먹었다'고 건방지게 말하는 경우가 있다. 본인보다 어린 사람들 앞에서는 나이를 내세워 윗사람 대접받기를 원하고, 본인보다 연장자 앞에서는 나이를 내세워 나에게 함부로 대하지 않기를 바란다. 그래 놓고 정작 본인은 어디서나 제일 어른 행세를 하니 이런 모습을 보고 있노라면 참으로 가관(可觀 꼴이 볼만하다)이다. 이런 모습으로 살아가면 안 된다.

이들이 가지고 있는 공통점이 하나 있다. 나이를 먹은 것에 비해 철이 없는 경우가 태반이다. 내가 철들지 않았음을 들키지 않기 위한 발버둥이기도 하거니와 내세울 거라곤 나이밖에 없으니 나이대접받길 바라는 마음으로 반복적으로 그렇게 말하는 것이다. 사실 철이 없으니 젊어서부터 이런 말을 입에 달고 사는 것일지도 모른다. 아니나 다를까 이들과 대화를 나누다 보면 십중팔구 바닥이 금세 드러난다. 본인의 얄은 수준을 나이로 커버하기 위해 계속 나이 타령을 하는 것이다. 이런 부류와 가까이 지내면 이내 피곤해진다. 최대한 멀리해야 한다. 적극적으로 멀리하는 것이 좋다.

그런데, 그들을 적극적으로 멀리하기 이전에 과연 내가 그런 사람이 아닌지 한번 돌이켜 볼 필요가 있다. 시간이 지날수록 주위에 사람이 점점 줄어들고 갈수록 내 신념(信念 굳게 믿는 마음)이 더욱 강해지는 것이 느껴진다면 한 번쯤 의심해 볼 여지가 있다. 신념이라 믿고 싶겠지만 사실 그것은 고집일 경우가 많다. 고집 중에서도 옹고집이다. 주위 사람이 줄어드는 것이 나와 맞지 않는 사람들을 내가 손절하는 거라고 믿어도 좋다. 그런 정신 승리는 본인의 정신 건강을 위해 무척이나 좋다. 하지만 반대로 정신 건강에는 안 좋겠지만 사실은 본인이 손절당하고 있는 것은 아닌지도 한 번쯤 의심해 볼 필요가 있다. 더 이상 손절당하고 싶지 않다면 스스로 자각하고 바꾸면 된다.

누구나 다 아는 사실이 있으니 사람은 쉽게 안 바

뀐다는 것이다. 사람 고쳐 쓰는 거 아니다. 하지만 독하게 마음먹었다면 한번 고치도록 노력해 볼 필요가 있다. 정말 힘들겠지만 그래도 사람이 하는 일이니 안될 건 없다. 가뭄에 콩 나듯 바뀌는 일도 있으니 바뀌고 싶다면 일단 노력은 해 볼 일이다. 무척 어렵겠지만 가끔 기적도 일어나는 법이다.

'너도 내 나이 돼 봐라.'

나는 결코 그 나이가 될 수 없다. 내가 나이를 먹는 만큼 그도 함께 나이 들어 가고 있으니 그런 순간은 오지 않는다. 10년이 지나고 20년이 지나도 그는 여전히 주위의 누군가에게 너도 내 나이 돼 보라는 말을 반복하며 살아가고 있을 것이다. 따라올 수 없는 목표를 설정해 놓고 따라와 보라는 궤변을 늘어놓는 사람은 어른이 아닌 그저 나이대접을 받고 싶은 미성숙한 인격체일 뿐이다. 운 좋게 나보다 조금 더 일찍 태어나 세상을 먼저 접하고 먼저 성숙하게 된 사람이라고 말하고 싶지만, 사실은 운 나쁘게 나보다 조금 더 먼저 태어나 세포의 노화가 더 일찍 진행되고 있지만 정신은 세포의 노화를 못 따라가는 그저 그런 미성숙한 인격체라고 볼 수 있다. 그렇게 나이 들지 않도록 노력해야 한다.

　　요즘은 젊은 꼰대도 참 많다. 그것이 그다지 보기에 좋지 않다면 나도 꼰대가 되지 않도록 꾸준히 자신을 되돌아볼 필요가 있다.

06   사(死)의 찬미

결국 살아 있는 모든 것들은 죽음을 맞이한다.

죽는다는 것은 생명 활동이 정지되어 다시 원상
태로 돌아오지 않는 생물의 상태다. 즉, 생(生)의 종
말을 가리키는 말이다. 종말이라는 단어가 주는 의미
는 보통 광범위하게 느껴진다. 종말(終末)은 계속된
일이나 현상의 맨 끝을 말한다. 평소 영화나 드라마를
보며 지구의 종말이나 생각해 봤지, 생의 종말을 생각
하고 사는 이는 드물다. 보통 죽음이라고 하지 종말이
라는 단어는 잘 쓰지 않는다. 종말은 죽음보다 뭔가
더 거창한 느낌이다. 종말은 마무리를 의미한다.

죽음은 끝이다. 죽고 나면 모든 것이 마무리된다.
아픔도 슬픔도 기쁨도 분노도 모두 사라진다. 모두가

죽음 앞에 엄숙하다. 죽음은 슬프고도 무겁다. 가벼운 죽음도 하찮은 죽음도 없다. 또한 우리는 죽음 앞에 관대하다. 고인의 살아생전 죗값은 죽음으로 완전히 소멸한다. 더 잘해 주지 못했고 더 용서하지 못했음을 그가 떠난 후 비로소 느끼고 후회한다. 고인에게 전하는 산 자(살아 있는 사람)의 마지막 선물이다.

2024년 봄날 고등학교 동기의 아버지가 돌아가셨다. 고등학교 졸업 이후 30년 동안 유일하게 연락이 끊이지 않고 인연을 이어 온 친구다. 오후 일정으로 인해 오전에 연락받은 후 곧바로 장례식장으로 향했다. 운전해 가는 도중에 계속해서 비가 내렸다. 경험상 비가 배웅하는 장례식은 슬픔이 배가 된다. 가는 내내 눈물이 흘렀다. 30년 내내 서로에게 마음을 다 드러내며 밝은 모습과 짜증스러운 모습을 모두 보여주었던 사이다. 망자(亡者 생명이 끊어진 사람)의 죽음도 안타까웠거니와 친구가 감당할 슬픔을 생각하니 가슴이 무너졌다. 장례식장으로 가는 길은 30km가 채 안 되었지만 이날따라 무척 멀게 느껴졌다. 눈물을 훔치고 장례식장으로 들어섰다. 안쪽에서 나를 발견한 친구는 한 손을 들어 반갑게 나를 맞이했다. 고인에게 예를 갖추고 상주들과 인사를 한 후 식당에 자리를 잡고 앉았다. 친구를 마주하고 술을 한잔 받으며 한마디 건넸다.

　"속상하제?"
　"괜찮다."
　"…괜찮기는."

　딱히 긴말은 필요하지 않았다. 절로 눈물이 났다. 말하지 않아도 그의 슬픔을 고스란히 느낄 수 있었다. 겉으로 괜찮아 보이지만 감춰진 그의 마음을 알 수 있었다. 고인의 죽음보다 아버지를 잃은 친구의 상실감이 앞서 전해졌기에 마음이 더 아파 왔다. 눈가가 뜨거웠다. 친구 앞에서 난생처음 흘리는 눈물이다. 고개를 돌리고 눈물을 닦으며 말을 건넸다.

　"암만 그래도 부모가 없는 것보다는 있는 게 낫제?"
　"그렇지, 뭐."

둘은 잠시 서로의 눈치를 살피며 말없이 있었다.

"운구는?"
"내일 아침에 온나."
"몇 시고?"
"10시."
"알았다."

마침 친구의 부인과 세 딸이 자리에 왔고 아이들을 핑계 삼아 실없는 농담을 주고받으며 분위기를 환기했다. 차려진 밥상을 비우며 이런저런 이야기를 나눴다. 눈물은 아래로 떨어져도 숟가락은 위로 오른다. 산 사람은 사는 법이다.

다음 날 아침. 전날 선배와의 술자리 후유증으로 인해 피곤한 심신을 온천 목욕으로 달래고 장례식장으로 향했다. 고인에게 마지막 제사를 지낸 후 말없이 운구하고 장지로 이동해 말없이 고인을 땅에 묻었다. 장례식 도중 간간이 들려오는 주위의 곡소리가 고인의 가는 길을 배웅했다. 80년 넘게 살아온 인생에 비해 흙으로 돌아가는 시간은 턱없이 짧았다. 중간중간 고인의 가족들은 눈물을 쏟았고, 곁에 함께한 지인들은 말없이 먼 산만 바라보았다. 산 중턱 굽이굽이 수많은 묘가 눈에 들어왔다. 문득 이 땅에는 산 사람보다 사자(死者 죽은 사람)가 더 많이 존재한다는 생각이 들었다. 수없이 많은 죽은 자의 땅에 얼마 안 되는 산 사람들이 살아가고 있다. 장례를 모두 마치고 공원묘지 아래 식당에서 간단히 식사를 마친 후 버스를 타고 다시 병원으로 돌아왔다. 헤어지기 전 친구가 한마디 건넨다.

"고맙다."
"그래, 욕봤다. 연락하자."

장례식 며칠 후 친구에게서 연락이 왔다.

"아들(아이들)하고 밥 한번 먹자."
"언제?"
"다음 주?"
"그래, 약속 잡을게."

그렇게 나는 다음 주 약속을 잡았다.

〈공지〉*** 부친상 후 식사 자리

일시: 2024년 04월 18일 19시

장소: ****

참석 인원: 5명

부친상에 신경 써 줘서 고맙다는 인사까지 마치려면 아직도 한 주 이상 남았다. 고인을 떠나보낸 후 고인의 시간은 멈췄지만, 산 자의 시간은 계속해서 바쁘게 흘러간다.

젊디젊은 나이에 벌써 죽음에 대해 생각한다는 것이 어색할 수 있다. 하지만 남은 시간을 잘 살기 위해서는 죽음을 공부해야 할 필요가 있다. 밤에 눈감는 것을 죽음이라 생각하고, 아침에 눈뜨는 것을 태어나는 것으로 생각하며 산다면 하루를 헛되이 보낼 수가 없다. 어떻게 태어난 삶인데 시간을 헛되이 흘려보낼 수 있단 말인가. 우리는 미래를 대비(對備)하며 살아간다고 하나 사실은 현재를 희생하며 살아가는 것일 수도 있다. 작은 효용을 위해 큰 비용을 지불하며 살아간다. 문제는 그걸 모르고 산다는 것이다. 인간은 그런 어리석음을 계속해서 반복한다.

사자(死者)는 말이 없다. 산 자의 말만 허공에 맴돈다. 살아생전 얼마나 아팠고, 죽음을 향해 가는 과정이 어찌 되었고, 어찌 살았다느니 하는 말들이 고인을 배웅하는 장례식장에서야 산 자의 입에서 입으로 전해진다. 고인이 되고 나서야 비로소 한 자리의 주인공으로 자리매김한다. 고인이 살아생전 우리는 그의 삶에 그다지 관심이 없다. 오로지 내 삶에 지대(至大 더할 수 없이 큰)한 관심을 가질 뿐이다. 사람들은 남의 삶에 말들은 많지만 정작 관심은 없다. 죽음이 우리에게 주는 교훈은 참으로 크고도 다양하다. 죽음 이후 우리에게 남는 것이 무척이나 많음을 우리는 소중한 이의 죽음을 접한 후에야 비로소 느낀다. 시간의 유한함과 인연의 소중함, 그리고 삶의 의미 따위가 그것이다.

우리는 죽음 앞에 숙연해지고 죽음 앞에 성숙해

진다. 지금은 주위의 죽음을 바라보며 훗날 후회하지
않도록 현재를 보다 후회 없이 살아야 할 시간이다.

07   어떻게 살 것인가

미성년자와 성인의 경계에 선 스무 살이 되면 '나는 이제 앞으로 어떻게 살 것인가?' 하는 걱정이 생긴다. 사람은 어떻게 살아야 할까?

내가 가족에게 자주 하는 말 하나가 '사람은 착하게 살아야 한다'는 것이다. 나는 착한 사람이 복을 받는다는 말을 믿는다. 그래서 평소 남에게 해를 주지 않고, 나에게 도움을 요청하는 사람이 있으면 기꺼이 돕는 것을 마다하지 않는다. 누군가를 도울 때는 조건 없이 도와야 한다. 도와줄 때 조건을 달면 그것은 거래지 도와주는 것이 아니다. 무언가를 바라는 것은 아니지만 내가 조건 없이 도움을 베풀면 언젠가는 그대로 돌아온다. 악행도 선행도 그렇게 되돌아온다고 나는 믿는다. 나는 종교도 없고, 미신도 믿지 않는다. 그저 내가 믿고 싶은 좋은 것들을 믿고 살아간다. 올바르게 살았던 그 선행의 결과가 나에게 돌아오지 않으면 내 아이들에게 돌아간다고 믿으며 산다.

　요즘은 차가 많아서 가족과 함께 차를 가지고 밖에 나가면 주차하기가 힘들다. 하지만 운이 좋게도 꼭 한 대 정도는 주차할 자리가 생긴다. 그때 '역시 사람은 착하게 살아야 해'라고 가족에게 말한다. 내가 평소 어떻게 생각하고, 말하고, 행동하는지 알기에 가족들도 웃으며 수긍(首肯 옳다고 인정)한다. 스무 살의 후배들도 올바른 생각을 가지고 나이가 들어서 올바른 어른이 되었으면 좋겠다.

　올바르게 산다고 해서 반드시 좋은 일이 생기는 것은 아니지만 좋은 일이 생기고 나면 이것이 그동안 내가 올바르게 살았던 결과라는 생각이 든다. 반대로 안 좋은 일이 생기고 난 후에는 그것이 지금까지 쌓은 나의 악행에 관한 결과라는 생각이 든다. 그때는 지금까지 살아온 내 삶의 대부분을 부정적으로 생각할 수 있다. 그러니 자기 삶을 부정적으로 생각할 수 있는 싹을 애초에 잘라 버리는 것이 좋다. 올바르게 사는 것이 따분하다고 생각할 수 있지만 그렇게 한번 살아 본다면 생각보다 꽤 즐거운 일이라는 것을 느낄 것이다.

사람은 나와 비슷한 사람을 만난다. 내가 올바르게 살면 올바른 사람이 곁에 머물고, 그와 반대로 살면 골치 아픈 인연만 곁에 머문다. 이성을 만나는 것도 마찬가지다. 이성을 잘못 만나서 한순간에 나락 가는 경우가 부지기수(不知其數 헤아릴 수가 없을 만큼 많음)다. 연일 데이트 폭력에 관한 이야기가 뉴스를 도배한다. 밀양 여중생 집단 성폭행 사건, 부산 돌려차기 사건 등 데이트 폭력 이외에도 이성을 대상으로 한 흉악 범죄가 꾸준히 사람들의 공분(公憤 사람 대부분이 다 같이 느끼는 분노)을 사고 있다. 2024년 1~4월 넉 달간 데이트 폭력으로 경찰에 붙잡힌 가해자 수는 약 4천400명에 이르는 데 반해 구속률은 평균 2% 안팎에 머물고 있다. 우리 사회는 아이러니하게도 피해자보다 가해자의 인권이 우선이다. 내가 가해자가 되면 안 되겠지만 피해자가 되어서는 더더욱 안 된다. 그러니 늘 올바른 생각과 행동을 하며 주위를 그런 사람으로 채우는 것이 중요하다. 이성을 잘못 만나면 패가망신한다. 이는 남녀 불문하고 해당하는 말이다.

500만 원짜리 벤츠를 끌고 다니는 사람이 있고, 2,000만 원짜리 경차를 끌고 다니는 사람이 있다. 500만 원짜리 벤츠를 끌고 다니는 사람은 2,000만 원 하는 경차를 못 끌고 다닌다. 보여 주는 것을 중요하게 생각하기 때문이다. 그것은 사람을 속이는 것이다. 안전을 위해서라거나 다른 중요한 사정이 있어서 중고 차를 타는 것은 예외로 한다. 단지 남에게 보여 주기 위해서 분수에 맞지 않게 치장하는 것을 조심해야 한다는 말이다. 많은 카 푸어(Car Poor)족과 명품족들이 이에 해당한다. 올바른 생각을 토대로 올바르게 사는 방식을 선택해 보고, 그 후 본인에게 돌아오는 결과물로 인해 나날이 행복해지는 것을 한 번쯤 느껴 볼 필요가 있다. 사람은 겉을 치장하기보다는 속을 치장해야 한다. 뇌섹남, 뇌섹녀를 좋아하지 않을 사람은 없다. 놀 걸 안 놀았다고 후회할 일은 없지만 할 걸 안 하면 결국 후회한다.

무척이나 더운 여름날 유난히 몸이 지치고 힘들었다. 이제 나이가 들어서 그런 것 같다고 생각했다. 그날 오후에 복싱장에 가서 동갑내기 관장님께 이야기하니 나이가 들어서 그런 게 아니라 그냥 너무 더워서 그렇다며 다들 똑같이 이야기한다고 했다. 별것 아닌 말이었지만 순간 그 말이 나에게 큰 위로가 되었다. 그는 사실을 말했을 뿐이지만 받아들이는 나는 내가 나이 들어서 그런 게 아니라는 그 말만으로도 큰 힘이 되었다. 본인이 거짓말을 못 한다고 해서 늘 사실만 이야기할 필요는 없다. 거짓말은 나쁜 것이지만 때로는 작은 거짓말도 필요하다. 착한 거짓말이라는 말이 있는 것처럼 때로는 사실에서 조금 덜어 낸 말을 하는 것만으로도 상대에게 큰 힘을 줄 수가 있다. 가장 많이 하는 착한 거짓말로 '십 년은 젊어 보이네요', '날씬해졌네요'와 같은 접대용 멘트가 있다. 말 한마디로 상대에게 힘이 되어 주는 사람이 되면 상대도 좋아하고 덩달아 나도 좋다.

장삿집에 가서 갑질하면 안 된다. 종업원을 머슴 부리듯이 예의 없게 대해서는 안 된다. 그들이 파는 건 음식이지 자존심이 아니다. 밖에 나오면 똑같은 위치다. 만일 내가 일하는 업장에 온다면 그가 내 손님이 된다. 사람들이 지금까지 얼마나 갑질을 했길래 서비스 업종에 가 보면 여기저기 '직원도 누군가의 가족입니다'와 같은 피켓(Picket)들이 붙어 있겠는가. 갑과 을의 위치는 언제든 바뀔 수 있다. 내 돈 주고 내가 사먹는다는 유치한 생각은 버려야 한다. 밖에 나가서 갑질을 할 바에는 차라리 그 돈 안 주고 집에서 해 먹는 것을 추천한다. 나를 위해 서비스를 해 주는 사람에게 조금이라도 친절하게 대하려고 노력할 필요가 있다. 최소한 서비스 하나라도 더 나온다.

세상을 살아가며 무언가를 할 때 하기 전이 좋은지 하고 난 후가 좋은지를 생각해 볼 필요가 있다. 술을 마시기 전이 좋은지 마시고 나서가 좋은지? 여행을 떠나기 전이 좋은지 다녀온 후가 좋은지? 사람을 만나기 전이 기대되고 좋은지 만나고 난 후가 좋은지? 만일 누군가를 만나고 난 후 기분이 좋지 않다면 그런 만남은 되도록 피하는 것이 낫다. 술은 마시기 전보다 마시고 난 후 기분이 좋다. 사람도 마찬가지다. 만나기 전부터 설레고, 만나고 나면 기분이 더 좋은 사람이 있다. 그런 사람을 만나야 하고, 나 역시 그런 사람이 되어야 한다. 선물도 마찬가지다. 선물은 받기 전부터 설레고, 받고 나서도 기분이 좋다. 그런 선물 같은 사람을 만나야 하고, 내가 선물과 같은 사람이 되어야 한다. 가장 기분 좋은 선물은 좋은 사람과의 만남이다.

올바른 아이가 나이 들어 올바른 어른이 되고, 올바른 어른이 나이 들어 올바른 노인이 된다. 그렇게 올바르게 나이를 먹어야 올바른 사회가 형성된다. 이 세상은 나 혼자 살다 가는 것이 아니다. 후손들에게 올바르고 상식이 통하는 사회를 물려주기 위해서는 나부터가 먼저 올바르게 살 필요가 있다. 내가 지금까지 살아오며 이 사회로부터 받은 것들에 대한 부채 의식을 가지고 살 필요가 있다. 그리고 부채를 갚을 시기가 된다면 조금씩 갚고 사는 덕목을 지니는 것이 좋다.

꾸준히 공부하고, 운동하고, 사색하고, 깨우쳐야 한다. 삶의 올바른 가치를 스스로 만들어 나갈 필요가 있다. 그렇게 어떻게 살아갈 것인가에 대한 고민을 계속해서 해 나가야 한다.

당신이 한 번도 가져 본 적 없는 걸 갖고 싶다면

당신이 한 번도 해 본 적 없는 것을 해야 한다.

− 덴젤 워싱턴 −

Chapter 5

스무 살의 나에게

01 해야 하는 일과 하고 싶은 일

올해 스무 살이 된 나에게 두 가지 선택권이 주어졌다. 내가 해야 하는 일과 하고 싶은 일 중 나는 한 가지를 택해야 한다. 어떤 것을 고를 것인지 고민되었다. 시기와 상황에 따라 그 우선순위가 달라질 수는 있겠지만 둘 다 놓칠 수 없는 것들이다. 이 세상을 살아가기 위해서 꼭 해야만 하는 것들이 있고, 단지 나의 순수한 지적 호기심과 욕망에 따라 나를 위해서 하고 싶은 일에 시간을 투자하려는 욕심도 있으니 말이다. 정말이지 스무 살은 해야 할 일도 많고, 하고 싶은 일도 참 많은 나이다.

이제 막 스무 살이 된 대학생 두 사람이 있다. 해야 하는 일과 하고 싶은 일, 이 두 가지 중 하나를 선택한 A와 B라는 사람의 이야기를 해 보고자 한다.

A는 자신의 미래를 굉장히 중요하게 생각한다. 그래서 자신의 미래를 위해 동기들과의 친목, 대학 새내기 때만 겪을 수 있는 여러 경험을 뒤로하고 오로지 공부와 미래를 위해 해야 하는 일에만 몰두했다. 그렇게 시간이 지나 대학을 졸업한 뒤 A는 원하는 직장에 취직하여 스무 살 적 자신이 꿈꾸었던 미래를 살아가고 있다. 그런 나날을 보내던 중 문득 A는 자신의 스무 살 시절을 돌이켜 보니 그 당시 너무 해야 하는 일에만 쫓겨 살지는 않았나 하는 생각이 들었다. 동기들과 술도 마시고, 여행도 다니고, 연애도 하며 마음껏 놀았더라면 어땠을까 하는 생각이 머리를 스쳐 지나갔다. 시간이 지난 후 돌이켜 보니 자신의 스무 살에 낭만이라고는 찾아볼 수가 없어서 그 시절을 후회하고 있다.

　　B는 본능에 이끌려 새내기 시절 자신이 하고 싶은 일만 하며 살아왔다. 친구들과 술을 먹고 싶으면 먹고, 여행을 가고 싶으면 여행을 다니고, 집에서 휴식을 취하고 싶으면 온종일 핸드폰을 보며 뒹굴뒹굴하는 그런 삶을 살았다. 물론 연애도 많이 했다. B는

몇 년 후 취업하려 할 때 A보다는 애를 먹었지만 그래도 어떻게든 직장을 구했고, 지금은 열심히 하루하루를 보내고 있다. B는 어느 날 이런 생각을 하게 된다. 자신의 스무 살에 미래를 위해 투자한 시간이 턱없이 부족했었고, 그때 미래를 위해 해야 할 일들을 조금만 더 했더라면 지금보다는 좀 더 나은 삶을 살고 있었을 거라는 후회 섞인 생각을 해 본다.

이 둘은 해야 하는 일과 하고 싶은 일을 각각 극단적으로 한 경우를 보여 주고 있다. 두 사람의 후회를 되풀이하지 않기 위해 우리는 이 두 가지 일을 조화롭게 해 나가며 스무 살 시절을 보내야 한다. 해야할 일만 하며 스물을 보낸다면 당신의 스물은 여유가 없을 것이고, 하고 싶은 일만 하며 스물을 보낸다면 당신의 스물은 그다지 실속 없을지도 모른다.

자신의 미래를 위해 해야 할 일들을 해 나가며 그사이사이에 본인이 하고 싶은 일들을 하는 것이 바람직하다. 물론 동시에 하고 싶은 일과 해야 하는 일을 하며 그 양을 조절해 나간다는 것이 결코 쉬운 일은 아닐 것이다. 만약 당신이 이 두 가지를 균형을 맞춰서 해 내지 못할 것 같다면 우선은 해야 할 일을 하는 것을 추천한다. 지금 당장 당신이 해야 할 일을 하지 않으면 나중에 가서 하고 싶은 일을 하지 못할 가능성이 크다. 생각하는 대로 살지 않으면 사는 대로 생각하게 된다는 말과도 통한다. 즉, 자신의 미래에 지속적으로 영향을 미치는 것이기 때문에 해야 할 일을 먼저 하는 것을 권하는 바이다.

그렇다면 해야 할 일을 하기로 한 당신은 어떤 일부터 해야 할까? 살아가면서 당신이 해야 할 일은 급한 일과 중요한 일 크게 두 가지로 나뉠 것이다. 만약 급하고 중요한 일이 있다면 그 일을 제일 먼저 하는 것이 상책이다. 그렇지 않다면 급한 일부터 처리하는 것이 현명하다. 급한 일이란 말 그대로 급한 일이기에 서둘러 끝내야 한다.

여기 A라는 대학생이 있다. A는 하루 뒤 전공 시험을 앞두고 있다. 시험공부를 하는 도중 술 한잔하자는 친구들의 전화가 걸려 온다. 이 상황에서 A에게 급한 일은 시험이다. 친구들과는 나중에 만남을 가져도 되지만 이번에 본 시험은 다시 돌아오지 않는다. 고로 급한 일인 시험을 위해 남은 시간 최선을 다해 공부하는 것이 A에게는 바람직한 선택이다. A는 잠시 고민하다가 친구들에게 내일 시험이 있으니 다음에 보자고 이야기한다. 당장 눈앞의 시험이 한시가 바쁜 급한 일이라고 생각했기 때문이다. A가 이런 선택을 한 이유는 해야 할 일과 하고 싶은 일 중 전자를 먼저 하는 것을 추천하는 이유와도 같다. 해야 할 일은 지금 하지 않으면 안 되는 급한 일인 경우가 많고, 중요한 일은 나중에 해도 되는 일인 경우가 많다. 만일 하고 싶은 일이 그때밖에 못 하는 일이라면 그건 급하면서도 중요한 일이므로 최우선으로 처리하면 된다.

핵심은 중요한 일과 급한 일을 나누는 당신의 기준이다. 사람마다 우선 추구하는 가치가 무엇인지에 따라 급한 일이 중요한 일이 되기도 하고, 중요한 일이 급한 일이 되기도 한다. 그 기준은 지금까지 당신이 살아온 환경과 지금 당신이 하고자 하는 일과도 관련이 되어 있을 것이다. 어떤 기준이 되었건 그 기준에 따라 당신에게 조금이라도 더 도움이 되는 선택을 하길 바란다.

이제 막 성인이 된 당신에게는 해야 할 일과 하고 싶은 일들이 무궁무진하게 펼쳐져 있을 것이다. 이 두 가지를 잘 이해하고 균형 있게 접근한다면 더욱 풍요롭고 의미 있는 스무 살 시절을 보낼 수 있을 것이라 믿어 의심치 않는다.

당신과 나의 찬란한 스무 살을 응원한다.

02   술, 그 낯섦으로부터의 호기심

나는 올해 스무 살이 되었다. 새해를 맞아 하루가 지났을 뿐인데, 이전과는 달리 많은 것을 할 수 있게 되었다. 이전에는 못 해 봤던 것들을 해 보자는 생각이 들어 가장 먼저 한 것이 바로 음주다. 아마 2024년 1월 1일에 스무 살이 된 2005년생들 대부분이 비슷했을 거다. 2023년 12월 31일 자정 무렵, 나는 친구들과 길거리에서 카운트다운을 하며 새해 첫날을 맞이하고 거리의 술집으로 들어섰다. 매해의 1월 1일은 성인이 된 그들을 맞이하기 위해 거리의 많은 술집이 매장 마감 시간을 평소보다 몇 시간씩 늦춘다.

그렇게 나는 공식적으로 처음 친구들과 술을 마시게 되었다. 첫 느낌은 쓰다. 이걸 몇 병씩 마시는 어른들을 생각하면 경이로울 정도로 생각보다 맛이 없다. 그래도 처음 마시는 술이기에 마냥 낯설고 신기하기만 한 우리들이다. 한 잔, 한 잔 들이켤수록 중추 신경이 마비되어 온다. 가만있어도 실없이 웃음이 새어나오고, 친구들의 별거 아닌 말에도 웃음보가 터진다. 말이 많아지고 힘이 솟으며 동시에 없던 용기가 생겨난다.

"아! 이래서 술을 마시는구나."

우리의 어린 시절을 생각해 보자. 어른들이 술을 마실 때 그 맛이 어떤지 마냥 궁금해했던 모습이 떠오른다. 스무 살의 우리는 이제 그 호기심이라는 판도라의 상자를 당당하게 열어 볼 수 있는 나이가 되었다.

○ 〈하나〉 경험을 통한 깨달음

새내기가 된 나는 개강 총회 뒤풀이에 참석했다. 사나이 자존심이 있어 술을 주는 대로 다 받아 마시다가 선배의 노하우가 가득 담긴 폭탄주를 먹고 난 후 뭔가 이상함을 느끼고 바람을 쐬러 밖으로 나갔다. 술을 마시고 찬바람을 쐬러 밖으로 나간 것까지는 좋았는데, 잠시 바람을 쐰 후 다시 따뜻한 실내로 들어오니 취기가 한 번에 확 올라왔다. 그렇게 갑자기 오른 술에 만취 상태가 되어 그대로 술집 화장실에서 뻗어버렸다. 선배들에게 실려서 숙소로 돌아온 나는 다음 날 아침 눈을 뜬 후 다시는 술을 먹지 않겠다고 다짐했다. 하지만 술을 끊겠다는 다짐이 참 힘들다는 어른들의 말이 맞는 것 같다. 다시는 술을 먹지 않겠다고 다짐한 지 12시간도 채 안 됐는데, 친구들이 술을 마시자고 연락했다. 나는 한걸음에 달려 나갔다. 그렇게 몇 달을 부어라 마셔라 퍼붓다 보니 문득 이런 생각을 하게 되었다.

"그동안 나한테 정말 의미가 있었던 술자리는 얼마나 되었지?"
"지금 나한테 남은 건 뭐지?"

그 순간 나에게 남은 건 무엇인지 생각해 보게 되었다. 물론 의미 있는 술자리만 참석하기란 쉬운 일이 아니다. 살다 보면 가기 싫어도 가서 분위기를 맞춰야 하는 자리가 있고, 아무 생각 없이 친구들과 어울려 술을 마시고 싶을 때도 있기 마련이다. 핵심은 자신이 그것을 자각하고 있는지 아닌지의 여부에 있다. 도움이 되지 않는다는 것을 알면서도 영양가 없는 자리에 계속해서 참석하는 것은 미련한 행동이다. 자신에게 도움이 되지 않는다고 판단이 섰을 때는 그것을 과감하게 끊어 낼 수 있는 용기가 있어야 한다. 의미 없는 술자리를 너무 많이 가졌다고 생각한 나는 그 후로 되도록 그러한 자리는 나가지 않겠다고 다짐했고 그것을 실천하며 살고 있다.

○ 〈둘〉 익숙함에 따른 무감각

A는 대학을 졸업하고 취업에 성공했다. 직장 생활을 하는 그는 이제 '술'에 익숙하다. 딱히 어떠한 감흥도 느껴지지 않는다. 술자리가 있어서 마시면 마시고, 마시지 않으면 안 마셔도 상관없다. 대학 시절 술을 죽어라 마시면서 술이 그렇게 좋은 게 아니라는 생각이 들었다. 동시에 사회생활을 하다 보면 어느 정도는 마셔야 하는 자리가 있다는 것도 알게 되었다. 그

렇게 어느샌가 술에 익숙해지며 동시에 무감각해진
A이다.

호기심에 마셨던 스무 살의 자신과 그간의 경험
을 통해 깨달음을 얻은 지금의 자신을 돌이켜 보며 이
제는 익숙해진 자신과 마주하며 그렇게 오늘 밤 또 한
잔 기울인다.

술타령

어른들은 마시지 마라 하고
돈 있어도 살 수는 없네
맛도 없고 쓴맛 나도 오기로 마셨다
나의 10대 술타령이다

마음껏 사서 마셨다
아가씨 만나면 사랑의 묘약
개똥철학을 논하며 밤새워 마셨다
나의 20대 술타령이다

마시자 우리의 청춘을 위하여

마셔라 사라지는 사랑을 위해

건배 건배 건배 또 건배

건배 건배 또 건배

어른들은 술을 권하고

넘쳐나는 가객이 안주다

소주 맥주 양주 막걸리 골라서 마셨다

나의 30대 술타령이다

세상이 술을 권하고

멈추고 싶어도 멈추지 못하고

후회하고 또 후회하고 돈 써가며 병이나 얻고

나의 40대 술타령이다

마시자 우리의 청춘을 위하여

마셔라 사라지는 사랑을 위해

건배 건배 건배 또 건배

건배 건배 또 건배

우리 살아가는 이야기를 노래하는 혼성 2인조 어쿠스틱 밴드 '밴드죠'의 '술타령'이라는 곡이다. 20대에 술을 마음껏 들이붓는 모습을 묘사하고, 이성을 만날 때는 사랑의 묘약이 되기도 한다는 술의 장점도 보여 주고 있다. 또한 각자가 경험하고 느낀 그들 자신만의 철학과 지나고 나면 아무짝에도 쓸모없을 수도 있는 이야기를 나누는 20대의 모습을 보여 준다.

가사를 음미하다 보면 느끼겠지만 술이 꼭 나쁜 것만은 아니다. 적당히 잘 조절한다면 인간관계와 자신에게 있어서도 좋은 약이 될 수 있다. 이것을 알고 적당한 음주를 하기 바란다. 경험해 보지 못한 것들에 대한 호기심이 존재하는 것은 당연하다. 중요한 것은 경험을 통해 얻는 깨달음이다. 그리고 그 깨달음을 내 삶 속에 녹여 내는 과정이다.

술을 처음 마실 때는 호기심과 신기함이 있지만 마시다 보면 별거 없고, 그다지 좋은 것이 아니라는 깨달음을 얻게 된다. 그러다 보면 점차 술이 주는 호기심과 신기함이 사라지고, 익숙함과 무감각만이 남게 된다. 이 익숙함에 속아 습관적으로 계속 찾다 보면 중독이 되는 것이고, 가끔 사람들과 만나 이야기할 때 한 잔씩 곁들이는 것이라면 관계에 있어 감초 역할을 할 것이다. 술을 마시는 행위가 목적이 되어서는 안 된다. 어떤 술을 얼마나 마시느냐가 중요한 것이 아니다. 술이 어떤 사람과 얼마나 깊은 대화를 나누는데 도움을 주었느냐가 중요하다. 결국엔 마셨던 술보다 같이 마신 사람들이 남게 될 것이다.

아무리 생각해도 술은 정말 묘한 음식이다.

03   성인과 고등학교 4학년, 그 사이 어딘가

◦ 〈기록〉 20대의 시작을 알리는 나이

지금 스물인 당신도 결국 나이가 든다. 세월은 인간이라면 그 누구도 비껴가지 못하는 중력과도 같다. 그 무게를 체감할 때쯤이면 당신의 젊었던 날을 회상할 것이고, 자연스레 과거의 기록을 찾기 시작할 것이다. 그때를 위해 스무 살 시절, 가장 화창한 당신의 모습을 기록해 볼 것을 권한다. 사진, 영상, 글 무엇이되어도 좋으니 당신이 오늘 하루를 살며 느낀 점, 일주일을 버티며 얻은 것, 한 달을 지내며 변화한 것, 일년을 보내고 남은 것들을 기록해 보자. SNS를 통해 하루를 기록하는 것도 좋은 방법이다.

다양한 방법이 있지만 나는 나만의 메모장에 본

인의 진솔한 이야기를 글로 써 보는 것을 추천한다. 하루에 A4 한 장 분량의 글을 쓴다고 하자. 당장은 귀찮을 수 있다. 하지만 하루가 모여 일주일이 되고, 한 달이 되고, 일 년이 된다. 시간이 지난 후 내가 쓴 기록은 누구에게도 없는 자신만의 소중한 자산이 될 것이다. 그 기록은 내가 쓰는 글에 하나하나 녹아들어 각각의 주제가 될 것이고, 주제로 기록된 결과물은 곧 한 권의 책이 될 것이다. 그 책의 프롤로그에 스무 살의 여러분을 소개하며 이야기를 시작하는 것을 추천한다. 어떤 글을 써야 할지 잘 모르겠다면 우선 자신의 마음이 가는 대로 편안하게 쓰기 시작하면 된다. 잘 적지 못할까 봐 겁내거나 걱정할 필요는 없다. 오죽하면 헤밍웨이가 '모든 초고는 쓰레기'라고 했겠는가. 글이란 쓰면 쓸수록 자기 생각을 잘 풀어내게 된다. 글은 물감이오, 메모장은 도화지이며, 책은 그림이다. 나는 당신이 글이라는 물감을 어느 곳이든 기록하여 도화지를 채워 한 폭의 그림을 완성하길 바란다. 그 후 하나의 장르가 된 자기 결과물을 종내에는 만날 수 있을 것이다.

○ 〈자존감〉

　막 성인이 된 시기인 스무 살. 열정이 과하게 넘쳐서 혹은 그러지 못해서 우리는 남들과 자신을 비교하기 시작한다. 외모, 재력, 성적 등 비교할 대상들을 늘어놓자면 며칠 밤을 새워도 부족하다. 나도 아직 나를 잘 모르는 시기인 지금, 자존감을 찾는 것은 이제 막 성인이 된 하지만 아직은 어린 우리에게 중요한 과제이다. 자존감이란 참 애매한 녀석이다. 과하면 자만이 되고, 부족하면 열등감에 잡아먹힐 수 있으니 말이다.

　이제 막 스무 살이 된 나는 자존감이 그다지 높은 편이 아니다. 오히려 낮은 편에 속한다. 이런 나도 어릴 때는 자신감이 조금 과한 편에 속했다. 바둑 프로 기사 지망생이었던 나는 초등학교 2학년 때부터 6학년까지 하루 10시간 정도 바둑과 운동만 하며 생활했고, 중학교에 진학하며 바둑을 그만두었다. 바둑을 할 때까지만 해도 신동 소리를 들을 정도로 실력이 빨리 늘었던 나였기에 어느 정도 내가 잘났다고 생각하며 살았다. 이후 프로의 문이 너무 좁다는 것을 느꼈고, 프로 중에서도 성공한 삶을 사는 것이 얼마나 힘든 일인가를 알게 된 나는 바둑을 그만두었다. 바둑을 그만둔 뒤로 이 세상에는 잘난 사람이 너무 많다는 것을 실감하게 되었다. 비단 공부뿐만 아니라 여러 방면에서 나보다 무언가를 훨씬 더 잘하는 사람들이 상대적으로 많아진 듯했다. 멀리 보지 않고 내 곁의 사람들만 보더라도 그랬다. 돌이켜 생각해 보면 사실은 바둑을 할 때조차도 나보다 더 재능 있고 잘하는 사람들이 넘쳐났던 것 같다. 단지 남들보다 조금 빨리 실력이 늘었다는 이유로 자만 아닌 자만을 한 게 아닌가 하는 생각이 들었다. 이렇게 어느 순간부터 나 자신을 너무 과대평가하고 있는 것이 아닌가 하는 생각에 사로잡혔다. 그 이후 나는 나에게 실망하지 않으려고 나자신에게 기대하지 않는 편을 택했다. 나 스스로 한계를 정하고 겸손이라는 꼭두각시 뒤에서 나 자신을 아주 서서히, 하지만 확실하게 깎아내렸다. 그러다 보니주위에서는 나에게 왜 이렇게 자신을 낮추냐고 물어보곤 했다. 사실 그 당시의 나는 아무 생각이 없었다. 나는 내가 자존감이 낮은 상태인지조차 인지하지 못

했으니 말이다. 워낙 주변에서 이런 소리를 많이 듣다
보니 어느 정도 알고는 있었지만 나는 그냥 모두가 그
런 것으로 생각하며 살았다.

그렇게 중학생이 고등학생이 되었고, 더욱 힘든
경쟁의 파도 속으로 뛰어들었다. 매일 벽이 느껴졌
다. 아무리 열심히 노력해도 안 되는 벽, 자신이 아무
리 죽을 둥 살 둥 발버둥 쳐 봤자 넘지 못할 벽을 느꼈
다. 그러던 중 모든 것이 너무 힘들고 지쳐 갈 때쯤 나
는 아빠에게 내 상태를 털어놓았다.

"아빠. 난 솔직히 뭐 하나를 특출하게 잘하는 것도
아니고, 운동도 그다지, 키도 별로 안 크고, 그렇다고
공부를 잘하는 것도 아니잖아"라고 말하며 내 속에 있
던 말들을 꺼냈다. 내 말을 들은 아빠는 이야기했다.

"사랑하는 아들아. 세상에 아무리 못난 사람도 찾
아보면 다른 사람보다 눈곱만치라도 나은 점 한 가지
는 있다. 공부 잘하지 않아도 되고, 키 크지 않아도 되
니 다른 부분에서 더 나은 점을 찾으면 되잖아. 넌 아

빠보다 바둑도 잘 두고, 아빠보다 운동도 잘하고, 또 훨씬 젊고, 아빠보다 인품도 훌륭하잖아. 단편적으로 봐도 이런데, 찾아보면 다른 사람보다 나은 게 훨씬 많을걸? 너무 자신을 과소평가하지 마라."

　나는 이 말을 듣고 뭔가 깨달음을 얻었다. 계속 나 자신에게 뭐라 하기만 하면 정작 나의 장점을 발견하지도 발전시키지도 못할 것만 같았다.

　그로부터 어느 정도 시간이 지난 지금도 아직 많이 부족하다고 느끼고 나 자신을 채찍질하며 살아간다. 그래도 그때와 달라진 것 하나는 남들보다 한 가지 정도는 잘하는 게 있다고 믿으며 스스로에 대한 자부심을 품고 살아간다는 것이다. 우리가 살아가는 세상에서 남들과 비교하는 것은 어떻게 보면 당연한 일이다. 하지만 중요한 것은 남과의 비교에서 끝나는 것이 아니라 비교를 통해 자신을 더 발전시키도록 노력하는 일이다.

　이것저것 여러 가지 일들을 어느 정도 하긴 하지

만 뭐 하나 특출나게 잘하는 게 없는 자신을 '애매'하다고 생각할 수 있다. 어느 서바이벌 음악 프로그램의 참가자가 한 말이 기억에 남는다.

"난 늘 애매했다. 그렇게 아티스트적이지도 않고, 그렇다고 대중적이지도 않고 애매한 경계선에 있는 것 같다. 그런 내가 4라운드에 진출해 요행이 길다고 생각했다. 그래서 존재의 의의를 구체화해야겠다고 생각했다. 나는 애매한 경계에 있기에 오히려 더 많은 걸 대변할 수 있다고 생각한다."

이 말처럼 자신이 애매하기 때문에 문제라고 생각하기보다 애매한 덕분에 오히려 더 다양한 모습을 보여 줄 수 있는 사람이라고 달리 생각해 보는 것은 어떨까? 자존감을 올릴 수 있는 쉽고도 단순한 방법이다.

○ 〈인간관계〉

성인이 되어 맺는 인간관계는 학창 시절 친구들

과의 관계에서 오는 느낌과는 많은 것이 다르다. 서로가 더 이상 가까이 다가갈 수 없는 벽을 세우고 있다. 색안경 끼지 않고 상대와 관계를 맺었던 학창 시절과는 달리 성인이 된 후에는 관계에 있어서 여러 가지를 따지게 된다. 어떻게 보면 당연한 일이기도 하다. 이렇게 맺은 인간관계에서 딱 한 부류를 조심하라고 당부하고 싶다. 바로 갈등을 조장하는 사람을 주의해야 한다. 어느 사람 혹은 조직 사이의 분란을 만드는 사람, 이를 통해 이득을 얻으려는 사람을 조심해야 한다. 당신 삶의 질이 떨어질 확률이 높다. 당신이 여기저기 해명하러 다녀도 이미 당신에 관한 이야기는 다 퍼져 있을 것이다. 사람은 사실보다 평판에 이끌린다. 당신 주변에 이런 인물이 있다면 유심히 살펴보고 아니다 싶으면 바로 끊어 내는 것이 좋다. 당신 인생에 도움이 되지 않는 인물일 가능성이 크다.

그리고 관계 유지에 너무 목매지 않는 것을 추천한다. 당신이 아무리 정성을 들여도 떠날 사람은 떠나고, 가끔 만나고 가끔 연락해도 남을 사람은 곁에 남는다. 불필요한 인연을 잡기 위해 시간을 보내기보다는 소중한 시간을 본인을 위해 또는 본인의 사람들을 위해 사용하는 것이 좋다. 그렇게 성장한 자신과 끈끈해진 주변인들과 더욱 풍요로운 삶을 살아갈 수 있을 것이다.

○ 〈배움의 즐거움〉

대학생이 되었다. 폭풍 같던 1학년 1학기가 지나가고 그보다 훨씬 더 빠르게 여름 계절 학기가 끝났다. 한 학기 동안 무언가를 계속해서 배워 온 관성 때문일까? 갑자기 텅 비어 버린 시간과 멍하니 시간을 보내는 나를 보니 문득 안타깝다는 생각이 들었다.

2024학년도 수능을 본 직후, 그러니까 작년 겨울이었다. 수능이라는 일생일대의 시험을 끝낸 나에게 아빠는 이렇게 이야기했다. '지금부터 대학에 입학하기 전까지 약 3개월 남짓한 시간을 네가 어떻게 보낼지 잘 생각해 봐. 인생에 있어 두 번 다시는 없을 어떤 것을 해도 되는 소중한 시간이다.' 하지만, 그 당시의 나는 그 이야기를 한 귀로 듣고 한 귀로 흘렸다. 나도 좀 쉬기도 하고, 놀고도 싶다며 그때의 내 생각을 피력했다. 지금 돌이켜 보니 무언가 딱히 남은 게 없다. 하지만 그것조차도 오롯이 나의 몫이다. 사실 나도 그 당시 그렇게 의미 없이 시간을 보낸 뒤 자괴감이 들었다. 바둑으로 치자면 수능이라는 정석을 끝내고 나니 그다음 포석을 어떻게 진행해야 할지 감이 오지 않았다. 그저 빡빡했던 예전과 달리 갑자기 찾아온 무료한 삶에 이상함만을 느꼈던 것 같다. 그뿐이었다. 토익을 한다고 문제집 조금 뒤적이고, 글 쓴다고 몇 자 끄적이긴 했지만, 이때 확실한 무언가라도 했다면 어땠을까 하는 생각이 드는 요즈음이다. 차라리 여행이라도 다녔더라면 좀 나았을 거라는 후회가 있다. 수능이 끝난 후 그저 멍하니 시간을 보냈던 것은 고등학교 시절 3년이라는 시간 동안 고생한 나를 위한 일종의 보상 심리에서 나온 결과일지도 모르겠다.

○ 〈2024년 8월 8일 목요일 아침〉

8월 11일 일요일에 토익 시험을 앞두고 있었다. 아침부터 일어나서 하는 것 없이 침대에서 핸드폰을 보며 한참을 빈둥거리는 나에게 아빠가 이야기했다.

"시험을 앞두고 아침부터 일어나서 몇 시간째 빈둥대고 있을 거냐?"

나는 이번에도 작년 수능을 마쳤을 때와 마찬가지로 변명 아닌 변명을 했다. '계절 학기도 열심히 들었고, 나도 좀 쉴 때도 있어야지. 이런 날도 있어야 한다.'고 대꾸했다. 어느덧 시침은 12시를 가리키고 있었다. 그 후 책상에 앉아 2학기 때 학교에서 배울 내용을 예습하기 시작했다. 그렇게 공부하는 나 자신을 보며 이런 생각이 들었다. 아빠가 예전부터 이야기했던 배움의 즐거움을 요즘에서야 조금씩 알아 가는 것 같다고.

아빠는 항상 내게 이야기했다. '겉으로 보이는 모습보다 사람 자체가 명품이 되라고. 겉치레를 신경 쓰기보다 자기를 계발하며 소양을 쌓는 것이 중요하다는 것을 알게 될 날이 올 거라고. 하루 책 한 장 읽을 정성도 없으면서 세상 모든 것을 아는 듯 떠드는 요란한 빈 깡통이 되어서는 안 된다고.' 사실 이것에 대해서는 나도 꽤 오래전부터 생각해 오긴 했다. 그런데 요즘 들어 특히 더 느끼는 것 같다.

요즘은 내 머릿속을 지식으로 채워 가는 것이 재 있다. 공부하는 것이 즐겁다 못해 행복할 지경이다. 세상을 알아 가는 것이 재있고, 배움의 즐거움이라는 문을 이제야 열기 시작한 것 같다. 전과 같이 시간만 무의미하게 흘려보내지 않기 위해 무언가라도 하며 나를 갈고닦을 것이다. 물론 아직도 아무런 의미 없이 시간을 흘려보내고 싶을 때가 많다. 특히 핸드폰을 손에 쥐고 있을 때 그런 유혹에 빠진다. 그래도 이제는 최소한 내가 느끼고 있다. 지난날에 겪은 나의 경험을 바탕으로 얻은 깨달음을 이제는 알고 있다.

방법과 길을 이제는 안다.
이제 하기만 하면 된다.
내 손에 돌은 쥐어졌고,
나의 대국은 지금부터 시작이다.

인생에서 가장 찬란한 시기인 스무 살의 당신과 나를 응원한다.

이 책의 본문 앞에 나오는 짧은 글귀가 있는데, 기억하실지 모르겠다.

"너의 젊음이 너의 노력으로 얻은 상이 아니듯이
나의 늙음도 나의 잘못으로 받은 벌이 아니다."

박해일 배우가 30대 중반에 70대 노교수인 시인 '이적요'로 분한 영화 〈은교〉에 나오는 대사다. 지금 나에게 주어진 젊음이 내 노력의 대가가 아니듯 늙음도 내 잘못의 벌이 아니다. 그렇다면 지금 내가 부여받은 젊음이라는 시절이 어떻게 나에게 오게 되었고, 또 나는 지금 그것을 어떻게 누리고 있는지? 그것이 과연 내 노력으로 얻은 것인지 저절로 주어진 것인지 깊이 생각해 봐야 한다. 특히 스무 살이라는 나이가 가지는 의미는 무척이나 크다. 누구나 한 번쯤 거쳐 가는 젊은 시기를 나는 지금 어떻게 보내고 있는지 수시로 되돌아볼 필요가 있다. 내가 노력한 대가로 받은 상이 젊음이라면 내 노력에 대해 배신하지 않기 위해서라도 귀중한 젊은 시절을 함부로 보내지 않을 것이다. 마찬가지로 주위에 나이 든 분들의 늙음이 그들이 지은 죄로 인해 받는 벌인지도 함께 생각해 볼 필요가 있다. 시간의 흐름으로 인해 자연스레 얻게 되는 선물이 바로 젊음과 늙음이다. 늙는다는 것이 저주라 생각할 수도 있지만 나이가 들어 간다는 건 생각보다 꽤나 멋진 일이다. 단 멋있게 나이 들어가야 한다. 학창 시절에는 미처 못 느낄 수도 있지만 나이가 들어 갈수록 한 달, 일 년이 무척이나 빠르게 지나가는 것을 느낄 수 있다. 그것을 느끼는 첫 시기가 스무 살인 경우가 많다. 스물한 살만 되어도 스무 살 후배들을 보고 있노라면 소위 말하는 노땅이 된 기분이 든다.

2008년에 개봉한 〈더 게임(The Game)〉이라는 영화가 있다. 변희봉 배우가 금융계의 큰손 강노식 역할로 나와 가난한 거리의 화가 역할을 맡은 신하균 배우와 내기를 해서 서로의 몸이 바뀌게 되는 내용이다. 내기에 진 희도(신하균)는 노식(변희봉)에게 모든 것을 빼앗기고 노식은 부와 명예, 그리고 한 청년의 모든 것인 건강한 몸까지 갖게 된다. 이 영화는 조금 불공평하다. 보통 부자 노인이 젊은 청년과 몸을 바꾸기 위해서는 자기의 전 재산과 바꾼다든지 하는 그에 상응하는 대가를 치르는데, 이 영화에서는 노식이 부와 명예, 그리고 젊은 육신까지 모두 가지니 희도는 그야말로 쫄딱 망한다. 영화의 마지막 장면을 보며 희도를 몹시 불쌍하게 생각했던 기억이 난다.

아마도 살아가며 많은 유혹이 여러분을 현혹할 것이다. 아름다운 꽃에는 가시가 있는 법이다. 유혹에 빠지지 않도록 조심해야 한다. 인생은 온갖 유혹투성이다. 아름답고 화려하지만, 치명적인 유혹들이 언제나 주위에 도사리고 있다는 것을 명심해야 한다. 이성의 유혹, 돈의 유혹, 술의 유혹, 마약의 유혹 등 온갖 것들의 유혹이 우리 주위에 늘 도사리고 있다. 유혹이 다가올 때는 잠시 멈추어 서서 하나만 생각해 보면 된다. 만약 이 모습을 훗날의 내가 바라본다면 어떤 생각이 들까? 내 부모와 자식들이 지금 내 모습을 본다면 과연 어떠할지를 생각해 본다면 유혹을 이겨 낼 수 있는 하나의 좋은 방편이 될 수 있다.

지금 당장 삶이 힘들어 어찌할 방법이 없어 보일 지라도 시간이 지나 돌이켜 보면 아무것도 아닌 경우가 대부분이다. 마찬가지로 지금 당장 유혹에 넘어가 한순간 쾌락을 즐기고 싶더라도 지나고 보면 그 또한 별것도 아니었고, 헛되고 헛되었음을 깨닫는 순간이 반드시 온다. 세상에 이겨 내지 못할 만큼 힘든 것은 없다. 유혹 또한 마찬가지다. 세상에 내가 넘어가지 않을 만큼 치명적인 유혹은 없다. 정신을 똑바로 차리고 그 순간을 잘 관망하기를 바란다. 지금 내 상황에서 한걸음 떨어져 바라본다면 살아가며 마주치는 많은 것들로부터 자유로워질 수 있을 것이다.

가장 위험하게 생각해야 하는 것 중 하나가 바로 이성에 대한 유혹이다. 여자와 남자가 서로를 잘못 만나면 패가망신하는 지름길이다. 하물며 배우자가 있음에도 한눈을 팔고 이성의 유혹에 넘어가 버린다면 돌이킬 수 없는 결과를 초래한다. 순간의 선택이 평생을 좌우한다는 말이 있다. 좋은 것을 고르기 위해 해야 하는 선택이라면 그나마 다행일 것이다. 하지만 나쁜 것을 걸러 내기 위해 해야 하는 선택이라면 망설임이 없어야 한다. 만에 하나 망설여지는 순간이 온다면 일 년 후의 나를, 아니 한 달 후의 나를 떠올려 보면 된다. 지나고 보면 참으로 부질없고 부질없는 짓이라는 것을 느낄 수 있다.

사람은 누구나 유혹에 흔들리기 쉬운 법이다. 나 홀로 독야청청(獨也靑靑)하려고 해도 가만히 놔두지를 않는 법이다. 나 역시도 세상을 살아오며 많은 유혹에 시달렸다. 이성의 유혹, 돈의 유혹, 술의 유혹이 나를 무척이나 괴롭혔다. 지금 돌이켜 생각해 보면 그 유혹들이 나를 강하게 만들었고, 인생의 진정한 가치를 찾을 수 있게 도와주는 좋은 밑거름이 되었다. 유혹에 넘어가 나의 명성과 자존심을 잃지 않도록 조심해야 한다. 단, 책의 유혹에는 언제든 빠져도 좋다.

이 책은 지금 스무 살을 맞은 이들과 이십 대를 살아가고 있는 청년들을 위해서 만들어졌다. 하지만 나이에 상관없이 삶에 도움이 될 만한 내용을 담았으니 부디 많은 분이 읽고, 삶의 조그만 도움이 되길 바라는 마음이다. 마지막 세 꼭지는 2024년 새해를 맞아 스무 살이 된 아들에게 부탁하여 작성된 원고다. 너의 친구에게 또는 선후배에게 들려주고 싶은 이야기를 써 달라고 부탁했고, 본인의 경험과 생각을 바탕으로 작성되었다. 아무래도 내가 들려주는 이야기보다는 스무 살이 스무 살에게 전하는 이야기인 만큼 조금 더 공감대를 형성할 수 있지 않았을까 생각해 본다. 더불어 한자에 익숙하지 않은 이십 대들의 이해를 돕고자 본문에 들어가는 한자에 주석(註釋 낱말이나 문장의 뜻을 쉽게 풀이함)을 달았으니 참고하시기 바란다.

스무 살. 지금 당신에게 아름다운 시절이듯 나에게도 잊지 못할 시절이다.

눈부시게 아름답고 찬란한 당신의 스무 살을 응원한다.

카르페디엠
저자 박석현 드림

스무 살의 너에게

ⓒ 박석현, 2024

초판 1쇄 발행 2024년 12월 12일

지은이	박석현
펴낸이	이기봉
편집	좋은땅 편집팀
펴낸곳	도서출판 좋은땅
주소	서울특별시 마포구 양화로12길 26 지월드빌딩 (서교동 395-7)
전화	02)374-8616~7
팩스	02)374-8614
이메일	gworldbook@naver.com
홈페이지	www.g-world.co.kr

ISBN 979-11-388-3721-7 (03810)